Bianca™

Un jefe apasionado
Carol Marinelli

HARLEQUIN™

Editado por HARLEQUIN IBÉRICA, S.A.
Núñez de Balboa, 56
28001 Madrid

I.S.B.N.: 978-84-671-7944-6
Depósito legal: B-12527-2010
Editor responsable: Luis Pugni
Preimpresión y fotomecánica: M.T. Color & Diseño, S.L.
C/ Colquide, 6 portal 2 - 3º H. 28230 Las Rozas (Madrid)
Impresión y encuadernación: LITOGRAFÍA ROSÉS, S.A.
C/ Energía, 11. 08850 Gavá (Barcelona)
Fecha impresion para Argentina: 22.11.10
Distribuidor exclusivo para España: LOGISTA
Distribuidor para México: CODIPLYRSA
Distribuidores para Argentina: interior, BERTRAN, S.A.C. Vélez
Sársfield, 1950. Cap. Fed./ Buenos Aires y Gran Buenos Aires,
VACCARO SÁNCHEZ y Cía, S.A.
Distribuidor para Chile: DISTRIBUIDORA ALFA, S.A.

Capítulo 1

EMMA había sido sincera, incluso por teléfono, antes de la entrevista, había admitido que asistía a un curso nocturno de arte y que esperaba dedicarse a ello por entero en dos años.

Todo había ido bien hasta el momento en que Evelyn salió.

Se había preparado muy bien para la entrevista: había leído todo lo posible sobre D'Amato Financiers, una empresa de un éxito espectacular incluso en tiempos difíciles. Por lo que había leído sobre Luca D'Amato en una entrevista que él había concedido, se veía que era un hombre directo cuyo éxito radicaba en su capacidad de decisión, transparencia fiscal y negativa a dejarse llevar por el sensacionalismo.

Sí, iba bien preparada. Incluso había ido a unas tiendas de segunda mano y había encontrado un espectacular traje de diseño color lila, quizá algo ajustado para su redondeado cuerpo; se había alisado los castaños rizos y se había recogido el pelo en un moño; y, a pesar de estar en la ruina, había ido a unos grandes almacenes y, fingiendo estar probando distintos maquillajes para el día de su boda, había conseguido que la maquillaran gratis, tal y como aconsejaba hacer una revista del corazón.

Sus hermanos y su padre solían hacer comentarios jocosos sobre su adicción a las revistas del corazón, pero a ella la habían ayudado mucho. Criarse sin su madre, vivir en una casa en tan mal estado que, cuando había invitado a alguna amiga, ésta se había negado a volver, le había hecho refugiarse en las revistas del corazón. Eran esas revistas las que le habían aconsejado sobre desodorantes, besos y sujetadores, las que le habían dicho qué hacer cuando, a los doce años, había descubierto que tenía mucho vello en las piernas. Y aunque ya no era tan adicta a las revistas, a los veinticuatro años había acudido a ellas para documentarse sobre maquillaje, vestimenta y cómo conseguir un buen trabajo.

Su aspecto era fantástico, justo la imagen que había esperado lograr: acicalada, perspicaz y algo insolente. Justo la imagen perfecta para la moderna mujer profesional de la *city*.

–Y el señor D'Amato preferiría a alguien que hablara japonés... –continuó Evelyn.

–No decía eso el anuncio –observó Emma–. Y usted tampoco lo mencionó cuando hablamos por teléfono.

–A Luca... Al señor D'Amato no le gusta entrar en detalles en los anuncios y yo soy de la misma opinión. Cuando nos encontramos con la persona adecuada, lo sabemos.

Emma no pudo contestar nada a eso, estaba claro que esa mujer había decidido que ella no era la persona adecuada.

Pero...

Ahora, a pesar de reconocer que había sido un sueño imposible, ahora que había visto lo que podía ser, quería ese trabajo. El sueldo era extraordinario. El hogar paterno, a pesar de llevar meses en venta, aún no se había vendido y las cuentas de la residencia de ancianos se estaban apilando. Evelyn le había dicho por teléfono que el personal que trabajaba para Luca se quemaba rápidamente; él era un jefe severo, exigía completa devoción, y el trabajo y los viajes absorberían todo su tiempo. Cosa que a ella no le importaba en absoluto.

Un año de trabajo duro cubriría todos los gastos de la residencia. En ese tiempo, la casa se vendería y se podrían pagar las deudas. Un año de duro trabajo y, por fin, se vería libre para realizar el sueño de su vida, libre para llevar la vida que no había podido llevar hasta el momento.

Pero sus esperanzas se estaban desvaneciendo rápidamente.

–Si me disculpa un momento... –Evelyn sonrió educada y fríamente–. Tengo que hacer una llamada urgente.

Evelyn no podía haber dejado más claro que la entrevista había acabado.

–Bueno, gracias por haberme recibido –debería

ponerse en pie y marcharse, pero inexplicable-
mente estaba retrasándolo mientras las lágrimas
acechaban tras, de nuevo, cerrársele otra puerta a
un futuro mejor–. Gracias.

El horóscopo tenía la culpa, pensó Emma mientras Evelyn añadía una nota en su bien preparado
currículo. El horóscopo le había dicho que «ade-
lante, tienes que atreverte y ganártelo a pulso». Le
había dicho que Júpiter y Marte estaban en la dé-
cima casa, lo que aseguraba el éxito profesional...

Estúpidos horóscopos, pensó mientras extendía
el brazo para agarrar su bolso. Además, qué más
daba, no creía en ellos.

Y entonces entró él.

Y la estancia se oscureció.

Bueno, no se oscureció, pero daba igual porque
sólo podía verle a *él*.

Vestido con esmoquin a las cuatro de la tarde, se
acercó. Evelyn se puso en pie.

–El señor Hirosiko quiere un «cara a cara» la semana que viene.

–No –respondió él.

–Kasumi ha insistido.

–Que tenga ella el «cara a cara».

–Y tu hermana ha llamado; estaba disgustada,
quiere que pases allí todo el fin de semana.

–Dile que, dado que soy yo quien paga por el
fin de semana, tengo derecho a elegir el tiempo
que voy a pasar allí –respondió él con un fuerte
acento italiano que a Emma la hizo temblar de
placer.

Los ojos de él se pasearon por la estancia y la miraron con aburrimiento y absoluto desinterés al principio. Pero la segunda mirada fue completamente distinta; era la misma mirada que su padre y sus hermanos lanzaban a algunas mujeres en la gasolinera, el supermercado, los conciertos escolares, el bar... en cualquier parte.

Era una mirada peligrosa.

Con un metro ochenta y ocho y ojos azul marino, Luca D'Amato tenía escrita en la frente la palabra «peligro». Tenía el cabello negro azabache y lo llevaba peinado hacia atrás, pero un rizo se le había escapado y, con una mano, se lo peinó hacia atrás. Había visto fotos de él, sabía que era guapo, pero las fotos no le hacían justicia. La imperfección de una cicatriz en el pómulo izquierdo sólo ensalzaba su general perfección.

–Me parece que no nos hemos presentado –los sensuales labios esbozaron una sonrisa–, ¿Usted es...?

Emma tuvo problemas para recuperar el habla, Evelyn habló por ella:

–Es Emma Stephenson –Evelyn parecía estar chupando limones, y fue entonces cuando Emma empezó a sospechar que la verdadera razón de no conseguir el trabajo era quizá que Evelyn había esperado alguien más mayor, más gorda, más fea...–. Estábamos acabando la entrevista.

–¿Para el trabajo de ayudante personal? –Luca le ofreció la mano y ella sintió unos cálidos dedos envolviéndole la suya. Entonces, fue como si él le hubiera leído el pensamiento–. ¡Pero tengo un corazón de hielo!

–¡No me cabe la menor duda de ello! –le espetó Emma. Ese hombre no tenía vergüenza y Evelyn se lo podía quedar–, En fin, de nuevo, gracias por haberme recibido.

Emma salió al vestíbulo y tomó el ascensor; pero, cuando en el vestíbulo fue a firmar la ficha de salida, se dio cuenta de que se había dejado el bolso. De eso, y de que, a pesar de las apariencias y de lo bien que lo había disimulado, se le habían hecho múltiples nudos en el estómago en presencia de Luca D'Amato. Era increíblemente guapo y tenía unos ojos que la desnudaban a una y la metían en la cama en cuestión de segundos; y ella, intencionadamente, no le había correspondido.

Emma volvió a subir en el ascensor y, al llegar al piso e ir a salir, se topó con él, que se disponía a entrar...

–No esperaba volverla a ver –él no se movió, sus anchos hombros le obstaculizaban la salida–, Tengo entendido que la entrevista no ha ido muy bien.

–No.

–Qué pena.

Emma tragó saliva antes de contestar:

–Me he dejado el bolso, sólo venía a recogerlo –explicó ella–. ¿Va a bajar? –preguntó Emma cuando, por fin, él se echó a un lado, permitiéndole salir.

–No, subo –Luca sonrió traviesamente–, Arriba del todo, a la azotea. Bueno, en realidad, voy a París.

–Estupendo.

–El helicóptero está en la azotea.

–Sí, los helicópteros suelen estar ahí –observó ella con sorna.

–Una cena formal, muy aburrida, pero quizá después... ¿Tiene algo que hacer esta tarde?

–Cena delante del televisor, una de mis series de misterio preferidas –Emma le dedicó una dulce sonrisa–. Como verá, no se puede comparar.

Luca sonreía abiertamente mientras sujetaba la puerta en espera a que ella volviera a entrar. Tan arrogante, tan seguro de sí mismo, convencido de que lo único que necesitaba era chasquear los dedos y hecho. Sólo captó el mensaje cuando ella abrió la puerta de sus oficinas personales.

–Si lo que le preocupa es que no tiene nada que ponerse... –dijo él con perplejidad.

–¡No, eso no me preocupa en absoluto! –Emma se rió. Como él no iba a ser su jefe, nada le impedía decirle exactamente qué podía hacer con su invitación–. Como ya le he dicho, no hay comparación posible, prefiero la televisión.

Cuando las puertas del ascensor se cerraron, Emma estaba tan irritada que olvidó llamar a la puerta antes de entrar en el despacho de Evelyn, y se llevó una sorpresa: la arrogante mujer que había destruido sus esperanzas hacía un momento estaba hecha un mar de lágrimas. Al principio, Evelyn se mostró avergonzada de su comportamiento; después, estaba tan disgustada que dejó de importarle.

–¡Negativo! –exclamó llorando–. Estaba tan segura, tan segura...

–Lo siento –¿qué otra cosa podía decir?–. Lo siento mucho.

Y lo único que se le ocurrió hacer fue llevar a la otra mujer al asiento más próximo y darle unos pañuelos de celulosa mientras Evelyn le contaba su triste historia.

Casada desde hacía cinco años.

Intentando quedarse embarazada cuatro años y medio.

Inseminación artificial, inyecciones, inhaladores, pruebas y extracción de óvulos.

Y ahora tenía que llamar a Paul y decírselo. Tenía que llamar a su absolutamente encantador esposo, que quería un hijo tanto como ella, y decirle que el segundo intento de embarazo por inseminación artificial había fallado.

Emma se quedó escuchándola, le sirvió un vaso de agua, le dio más pañuelos de celulosa y, por fin, cuando Evelyn se hubo desahogado, recordó dónde estaba y con quién estaba hablando.

–Has sido muy amable... sobre todo, después de lo fría que he estado contigo.

–No te preocupes. Si no soy la persona adecuada...

–No, no es eso... no ha tenido nada que ver con tu experiencia ni con que no hables japonés.

–Ahora ya lo sé.

–No, lo que quiero decir...

–Lo entiendo, de verdad. Admito que había supuesto que él te gustaba, pero...

Emma lanzó una queda carcajada al ver a Evelyn sonreír y mirar hacia el techo.

–No, en absoluto. Lo que pasa es que estoy harta de preparar a secretarias para que se vayan después de que él se haya acostado con ellas. Luca es incorregible.

–¡Ya me he dado cuenta! –exclamó Emma con un gruñido–. Acaba de invitarme a ir a cenar a París con él. Quizá debieras buscar un hombre para este puesto de trabajo.

–También se enamoraría de Luca –Evelyn suspiró y luego parpadeó–. ¿Has dicho París?

–Sí.

–¿Te parece atractivo?

–Es divino –contestó Emma–. Es increíblemente guapo y cualquier mujer que dijera lo contrario mentiría.

–Entonces, ¿por qué no has aceptado la invitación? –preguntó Evelyn.

–Porque le conozco –respondió Emma–. No a Luca personalmente, pero sé cómo son los hombres. Me he criado en una casa llena de hombres, y todos extraordinariamente guapos.

–¿Y tu madre?

–Murió cuando yo tenía cuatro años –dijo Emma sencillamente, en un tono de voz que no pedía compasión–. Mis hermanos son mayores que yo. Y mi padre... digamos que un viudo guapo atrae a muchas mujeres; todas ellas decididas a cambiarle, todas ellas creyendo que él está esperando a que aparezca la nueva señora Stephenson.

–Luca es un buen hombre –dijo Evelyn, algo avergonzada de estar hablando de su jefe en un aspecto tan personal–. En el fondo, cuando no es insoportable, es un hombre encantador. Acepta el trabajo de asistente personal; de esa manera, podré dejar de pasarme el día viajando y de trabajar tantas horas. Luca es genial, en serio.

–Siempre y cuando no te enamores de él, ¿no? –dijo Emma–. Siempre y cuando no albergues la esperanza de poder cambiarle algún día.

–Lo has entendido perfectamente –Evelyn, maravillada, parpadeó.

–Sí, lo entiendo –Emma agarró su bolso y se lo colgó del hombro–. Será mejor que me vaya.

–Y será mejor que yo llame a Paul ya.

Y no había comparación. Ni por un segundo había considerado aceptar la invitación de Luca; pero en pijama, sentada, después de cenar delante del televisor, mientras veía los títulos de crédito de su programa preferido, la casa se le antojó demasiado grande y demasiado solitaria.

Solitaria...

Nunca lo había admitido, ni siquiera a sí misma.

Por supuesto, tenía amigos, trabajo y se mantenía ocupada; pero a veces, a veces le habría gustado no ser tan sabia, tan cínica y tan escéptica en lo que a los hombres se refería.

Agarró una revista, fue directamente a la página dedicada a problemas y leyó sobre las vidas de otras personas, los problemas de otras personas; y, una vez más, echó de menos a su madre. Echó de menos las conversaciones que, sin duda, habrían tenido sobre los chicos y los hombres. A sus amigas les resultaba fácil enamorarse y desenamorarse, cambiar de relación, y algunas de ellas incluso se habían casado o se habían ido a vivir con sus novios.

Ella, por el contrario, seguía igual.

Retraída debido a las bromas de sus hermanos, con demasiado miedo a sufrir, había ocultado sus primeros enamoramientos, había rechazado las invitaciones de los chicos durante la adolescencia y había envidiado a las chicas a las que los inicios de los juegos amorosos les habían resultado tan fáciles.

«Querida Barbara», escribió mentalmente. «Soy una mujer atractiva de veinticuatro años. Tengo amigos, trabajo, me mantengo ocupada y sigo siendo virgen. Ah, y acabo de rechazar una invitación a acompañar a París al hombre más atractivo del planeta».

¡Sería la carta de la semana!

Y aunque era estupendo que al llegar a casa no hubiera encontrado mensajes de la residencia donde estaba su padre ni más facturas, estaba desinflada.

Durante una milésima de segundo, deseó ser tonta e impulsiva.

Deseó haber dicho que sí a la invitación de Luca.

Luca zapeó los canales de televisión.

Aunque no la estaba viendo. Pero el televisor estaba encendido todo el día como ruido de fondo para el perro, Pepper, a pesar de que el animal no lo agradecía.

La noche se prolongaba interminablemente mientras él se lamentaba de estar aburrido y bostezando a las once de la noche en París.

Debería estar agotado, llevaba levantado desde las cinco de la mañana, pero no podía dejar de pensar. Los de Hemming's, una importante cadena alimentaria, le habían llamado demasiado tarde para que él pudiera evitar que se fuera a pique.

Sin embargo, podía ver la forma de salvarles.

Sacó una cerveza del frigorífico e intentó no pensar en ello, intentó relajarse. ¿Por qué todos insistían en entrevistarse con él en persona, por qué no se conformaban con una reunión por videoconferencia?

Qué demonios, incluso un mensaje electrónico bastaba en la mayoría de los casos.

No le iría mal algo de sexo.

Y había muchas dispuestas.

El problema era que no quería molestarse en hablar.

Esa noche no tenía ganas de fingir estar interesado en lo que pudieran contarle.

Dejó la cerveza y se quitó la corbata y los gemelos. Después, abrió la puerta que conducía a la enorme terraza para que el animal saliera e hiciera lo que los perros hacían. Su criada se encargaría de limpiarlo a la mañana siguiente.

Martha, una antigua novia, después de acompañarle a Sicilia a su hogar paterno tres años atrás, se había instalado en su casa y, cuando él la echó, ella, convenientemente, se dejó el perro olvidado.

–Tú –dijo Luca volviendo al frigorífico para sacar algo de comida–, eres el perro más patético que he visto en mi vida.

Luca tomó un muslo de pollo y se lo comió mientras se tumbaba en el sofá con Pepper a su lado en el suelo.

–Tú estás a régimen –le recordó Luca.

Mientras medio veía un programa de misterio en la televisión, se echó atrás y arrojó algunos trozos de pollo al suelo.

Había sido un infierno romper con Martha, las lágrimas y las protestas de ella por la inesperada ruptura habían sido inacabables, y una y otra vez le había preguntado por qué acabar con algo tan bueno.

Y le había dejado a Pepper, segura de que él se arrepentiría de haber terminado la relación y que la llamaría; pero de lo que Martha no se había dado cuenta era de que cuando él daba algo por acabado estaba acabado, de que prefería hacerse cargo de un perro senil y maloliente a tener que verla otra vez.

La serie de misterio no estaba tan mal...

Tres minutos antes del final del último episodio de la temporada, Luca pensó que era una serie a la que podría engancharse.

Entonces aparecieron los títulos de crédito.

Y se dio cuenta de que ésa era la serie que Emma había mencionado.

Sabía que ella también estaba viéndolos.

Lo sabía. Y sintió que hubiera rechazado su invitación a ir a París con él.

Capítulo 2

ERAN las cinco menos cuarto del jueves y todo el personal de D'Amato Financiers, excepto Emma, estaba agitado. Al salir de una reunión con el director de Recursos Humanos, vio a las mujeres maquillándose en sus mesas de despacho y olió diferentes perfumes. Incluso los hombres se estaban acicalando mientras un brillo en los ojos anunciaba su excitación al aproximarse el final de la jornada laboral.

Jueves por la tarde en Londres y todo el mundo parecía tener algún plan.

Menos ella.

Tendría suerte si lograba salir a las siete, y tenía que ir a ver a su padre, y al día siguiente tenía que estar de vuelta en la oficina a las seis de la mañana para reunirse con Luca antes de tomar un avión a las ocho y media para asistir a una reunión en Escocia.

A pesar de seguir siendo un trabajo de ensueño, era muy duro, como había podido comprobar durante las seis semanas que llevaba allí. Como Evelyn le explicara el primer día, el tiempo de Luca era muy valioso, por eso necesitaba dos ayudantes y estaba buscando un tercero, cuatro chóferes y un montón de gente más que se encargaban del funcionamiento de todo con el fin de que Luca hiciera lo que mejor se le daba: salvar empresas con problemas, hacerlas rentables y ganar una obscena cantidad de dinero con ello.

El trabajo de Emma era variado e interesante, aunque a veces era sumamente aburrido, como cuando tenía que encargarse de algún detalle de la boda de la hermana de Luca, o de su perro, o de los días libres del ama de llaves. La lista era interminable.

Emma se fue a los servicios, consciente de que tenía que arreglarse el pelo antes de volver a su despacho y a lo que Luca quisiera que hiciera. Allí, se rehizo la coleta y, de camino al despacho, sacó una taza de chocolate caliente y una bolsa de patatas fritas de una máquina; después, se dirigió directamente al ascensor.

–¡Canalla!

En el momento en que salió del ascensor, Emma se apartó para dejar paso a una deslumbrante mujer de cabello negro azabache que acababa de salir del despacho de Luca.

–Esta vez no he tenido la culpa –dijo Luca asomando la cabeza por la puerta, asegurándose de que podía salir sin peligro–. En serio, esta vez no ha sido culpa mía.

Emma permaneció muda, con los labios apretados, mientras él le quitaba el vaso de chocolate y bebía.

–¡En serio! –insistió Luca.

–Nunca es culpa tuya –dijo Emma sarcásticamente. Quizá no fuera la forma de hablarle a un jefe, pero ella le hablaba así porque mantenía las distancias con él y hacía bien su trabajo. Y quitando la invitación a la cena en París, Luca no había flirteado con ella.

–¿Has leído mis mensajes? –Luca nunca los leía–. Te ha llamado un tal doctor Calista, quiere que le llames.

–Bien.

–Y tu hermana también ha llamado, quiere saber si has mirado las corbatas.

–¿Corbatas?

–Te envió un mensaje con fotos de corbatas para los testigos de la boda y también quiere saber si te vas a quedar. Ha llamado varias veces hoy.

–Recuérdale lo que cobro a la hora y envíale un recibo si sigue llamando –contestó Luca–. Y lo digo en serio.

–¿Que quieres que le cobre a tu hermana por llamarte? –por supuesto, sabía que Luca no hablaba en serio.

–Lo que quiero es que practiques la firmeza que este trabajo exige. No quiero que se me moleste con ese tipo de cosas. ¿Queda claro? –dijo Luca con mucha claridad y mucha firmeza.

–Muy claro.

–Bien. *Tú* vas a elegir las corbatas, *tú* te vas a encargar de esas cosas y te doy permiso para que le digas a mi hermana que lo he hecho yo.

–De acuerdo.

Luca se estaba dando la vuelta para volver a su despacho, tiró el vaso de plástico del chocolate en la papelera y entonces se volvió otra vez.

–¿Tienes algo que hacer esta noche?

–Sí –respondió Emma apretando los dientes–. Tengo planes.

–Cancélalos –Luca se encogió de hombros–. Ruby iba a venir conmigo a una horrible cena y a un baile a Hemming's. Se supone que tengo que ir acompañado.

–¡Tengo planes! –repitió Emma, que empezaba a cansarse de todo aquello.

Trabajaba mucho e iba a ser la cuarta noche que no iba a visitar a su padre y no era justo. ¿Acaso no tenía derecho a una vida privada?

–Tengo que ir a ver a mi padre –explicó con desgana, ya que no quería involucrar a Luca en sus asuntos personales–. Le he dicho que iba a ir a verle esta noche.

–Dile que tienes trabajo.

–Llevo retrasándolo toda la semana –no podía seguir haciéndolo–. Tengo que salir del trabajo relativamente pronto esta tarde. Escucha, no suelo decir que no a nada, pero... ¿No puedes pedirle a otra persona que te acompañe?

Una pregunta tonta. Luca podía invitar a montones de mujeres, no había motivo alguno para que le pidiera a ella que le acompañara.

–Esperaba acabar pronto esta noche –Luca suspiró–. Contigo, al menos, sólo sería una cena. En fin, se lo pediré a Evelyn... A propósito, ¿dónde está?

–No, no... –Emma vaciló. Evelyn había ido al médico a realizar su último tratamiento de inseminación artificial, lo último que la pobre mujer necesitaba era una noche por ahí con Luca–. Está bien, yo te acompañaré.

–¿Estás segura? –Luca frunció el ceño con algo parecido a sentimiento de culpabilidad asomando a su rostro–. En ese caso, iremos a ver a tu padre de camino.

–No, no podemos hacerlo –dijo Emma con súbito pánico–. ¡Iría en traje de noche!

–¿Y qué? –Luca sonrió traviesamente–. Vamos, ve a arreglarte. Saldremos dentro de una hora.

Era requisito de la naturaleza de ese trabajo poder arreglarse para una ocasión formal en una hora. En el piso de su despacho había un cuarto de baño y Emma, tapándose los rizos con un gorro de baño, se dio una ducha rápida. Incluso tenía un armario en la oficina en el que estaba su bolsa de viaje con lo necesario para ir a Escocia. De la bolsa sacó los artículos de maquillaje y se pintó los ojos y los labios.

Se peinó trabajosamente.

–Necesitas más trajes de noche –fue el único comentario que Luca hizo al verla otra vez con el vestido negro.

–¡Tan pronto como disponga de algún día libre! –le espetó Emma–. ¿Y tú, no estás listo?

Luca no contestó, pero casi nunca contestaba a preguntas sin sentido. Se limitó a dirigirse a los ascensores con ella siguiéndole los talones y cargando con una pequeña maleta que tenía que llevarle a su padre.

–Ah, me he dejado olvidado el perfume.

Luca olisqueó el aire.

–Hueles bien.

¡Hombres!

En el ascensor, Luca lanzó una rápida mirada a la maleta, pero no hizo ningún comentario y ella no le dio explicaciones. En el coche, se sentó atrás con Luca y el vehículo comenzó a moverse lentamente entre el tráfico.

–¡Lo primero el perro! –dijo Luca cuando entraron en el piso de él.

La televisión estaba encendida, como de costumbre, y ella se paseó mientras esperaba a que Luca troceara unas pechugas de pollo y las pusiera con un poco de arroz en el plato de Pepper.

–Está a dieta –explicó Luca.

Emma no sabía qué papel desempeñaba Pepper en la vida de Luca. Había ido varias veces al piso de él y aún no sabía qué hacía Luca con ese perro. Ni el hombre ni el animal parecían gustarse.

Pero, al fin y al cabo, eso no era asunto suyo. Ella sólo se encargaba de arreglar las citas con el veterinario y de contratar a una cuidadora para el perro cuando Luca tenía que ausentarse.

–Ve al cuarto de baño –le gritó Luca desde su dormitorio–, debe de haber algún perfume por ahí.

Parecía una tienda de cosmética: perfumes, lápices de labios, lociones para el cuerpo... todo ello abandonado por las mujeres que habían pasado por allí. Pero no fue eso lo que llamó su atención. En el espejo pudo ver la imagen de Luca con sólo unos calzoncillos negros ajustados mientras buscaba una camisa, y aunque estaba acostumbrada a verle, no lo había visto nunca casi desnudo.

Luca era deslumbrante.

Era un hombre tan altanero y arrogante que, en la mayoría de las ocasiones, ella lograba ignorar el hecho de que era el hombre más guapo que había visto en su vida.

Y ahora lo veía bien. Tenía unas piernas largas y musculosas que resultaban bien incluso con calcetines. Al ponerse la camisa, se fijó en ese pecho con vello negro y sintió que se le encogía el estómago. Rápidamente, apartó los ojos y eligió un perfume; pero no pudo evitar volver a mirar al espejo y entonces le vio sentado en la cama poniéndose los pantalones.

Y fue en ese momento cuando Luca la sorprendió observándole.

Luca le sostuvo la mirada a través del espejo y la sombra de una sonrisa se dibujó en su rostro. Y ella apartó la mirada.

–¿Lista? –Emma estaba tan azorada que se sobresaltó al oír la voz de él desde la puerta–. Si quie-

res ir a ver a tu padre, será mejor que nos vayamos
ya.

Luca lo sabía.

Con las mejillas ardiéndole y la espalda y las piernas pegadas al cuero del asiento del vehículo de Luca,
Emma sabía que él lo sabía.

Que a pesar de las bromas, las rápidas contesta-
ciones y su comportamiento frío y distante hacia él,
Luca D'Amato sabía que la afectaba.

Y, de repente, por primera vez en seis semanas,
Emma se sintió vulnerable.

Capítulo 3

¿DÓNDE vive?

Emma le dio la dirección al conductor y volvió a recostar la espalda en el asiento del coche, su nerviosismo aumentó por momentos cuando el coche se acercó a la arbolada calle de impresionantes casas.

—Es bonito esto —dijo Luca mirando por la ventanilla—. ¿Es aquí donde te criaste?

En vez de contestar, Emma sacudió la cabeza.

Y le ardieron las mejillas cuando Luca leyó el letrero anunciando la residencia para ancianos.

Emma no le miró cuando abrió la portezuela, salió del coche y agarró la pequeña maleta que el conductor le dio.

—No tardaré.

—¡Hola, papá!

El modo en que se le iluminó la cara al verla en la habitación sólo sirvió para hacerla sentirse peor. Le gustaba que fuera a visitarle, pero últimamente lo hacía con menos frecuencia.

–Cada vez te pareces más a tu madre –dijo Frank sonriendo–. Cuando íbamos a bailar...

Y así siguió, charlando, mientras Emma guardaba los pijamas que le había lavado, le colocaba el desodorante y el talco que le había comprado, y le dejaba dinero en un pequeño cuenco para el periódico. Y fue agradable porque su padre estaba parlanchín y, por una vez, no habló mal de su madre. Sin embargo, la visita se le hizo muy dolorosa.

Antes, su padre no se alegraba con sus visitas, eso sólo había empezado a ocurrir en los últimos meses. De pequeña, él la había ignorado; y cuando hablaba con ella, era para criticar a su madre, como si hubiera tenido la culpa de haber muerto. Por lo que, en general, su infancia no había sido feliz y se sentía con derecho a dejar que las autoridades competentes se encargaran de él. Pero desde el infarto, era como si su horrible infancia se hubiera borrado. Por primera vez, tenían una relación padre e hija; por primera vez, su padre le contaba anécdotas de su madre. Y, a pesar de todo, él era su padre.

–Siento no haber podido venir antes –Emma partió en onzas la tableta de chocolate preferida de su padre y la puso en un plato–. He tenido mucho trabajo, pero vendré con tiempo este fin de semana.

–¿Te marchas ya? –los ojos de Frank se llenaron de lágrimas–. Pero si acabas de llegar...

–Papá, tengo trabajo.

Se sintió muy mal por tener que marcharse, pero

no tenía elección. Hasta que se vendiera la casa, era su trabajo el que pagaba la residencia.

–Señorita Stephenson –Emma oyó una voz a sus espaldas al salir por la puerta de la residencia y, al volverse, se le cayó el alma a los pies cuando el supervisor agitó un sobre de papel que tenía en la mano, también consciente de que Luca debía estar viéndoles–, he intentado ponerme en contacto con usted para hablar de la cuenta.

–Hablé ayer con el contable –dijo Emma–. Le expliqué que he conseguido un buen trabajo y que estoy pagando el dinero que debo. Están preparando un nuevo plan de pago.

–Sí, lo sé. Aquí está, por escrito.

Emma agarró el sobre.

–Gracias.

–Me temo que si vuelve a haber algún retraso en el pago...

–No lo habrá –Emma tragó saliva–. Además, usted ya sabe que la casa de mi padre está en venta.

–Tenemos una larga lista de espera –le contestó el supervisor–. Estamos tratando de ayudarla, señorita Stephenson, pero esto es un negocio al fin y al cabo.

El coche tenía la música puesta cuando ella entró y Luca estaba enviando mensajes electrónicos por el teléfono móvil. Ella respiró aliviada pensando que Luca no había notado el desagradable encuentro con el supervisor.

–¿Cómo estaba tu padre? –preguntó Luca.

–Algo triste –admitió Emma–. Pero bueno, le haré una visita de verdad este fin de semana.

–¿Viene más gente a visitarle? Éste parece un buen sitio. ¿Es caro?

–Un poco –Emma se encogió de hombros–. En fin, se hace lo que se puede.

Sorprendentemente, Emma disfrutó de la cena y el baile en Hemming's. Luca era el hombre al que todos querían saludar, él había salvado la empresa y, con ello, cientos de puestos de trabajo.

Y Luca era un acompañante muy agradable.

Luca desconectó el teléfono móvil nada más llegar y se ocupó de presentarle a suficiente gente con el fin de que ella tuviera con quien hablar mientras él charlaba con unos y con otros. Incluso le cambió el mousse de chocolate por la tarta de almendras y cuando el baile comenzó no la dejó sola. De hecho, a excepción de un baile de rigor con la esposa del director de la compañía y de una larga conversación con unos posibles inversores, Luca parecía haberse tomado la noche libre.

–Gracias –le dijo él mientras bailaban–. Sé que tenías otras cosas que hacer esta noche.

–La verdad es que está siendo agradable.

–Sí, así es –respondió Luca–. Tengo que admitir que estaba preocupado.

–No me cabe duda de que habrías encontrado otra acompañante.

–Me refería a que estaba preocupado porque no sabía si podría librarles de la bancarrota –explicó él, y se echó a reír al verla ruborizarse–. De vez en cuando pienso en el trabajo.

–¡De vez en cuando! –Emma se echó a reír–. No sé cómo puedes hacer tantas cosas.

–Simplemente las hago. Igual que tú –Luca se la quedó mirando durante unos momentos–. ¿Cuánto tiempo lleva él ahí?

Luca no había hecho ningún comentario respecto a su padre en toda la tarde; sin embargo, la pregunta había estado en el aire.

–Seis meses.

–Eres demasiado joven para tener un padre...

–Mi padre era bastante más mayor que mi madre.

–Ah.

–A principios de año tuvo un infarto... –Emma se interrumpió, no quería hablar de ello.

Sí, estaba ahí en esos momentos por trabajo; pero en los brazos de Luca, meciéndose al ritmo de la música, pensó que era un alivio que él no insistiera, un alivio olvidarse de los problemas aunque fuera sólo por un rato.

–Me alegro de que seas tú esta noche –dijo Luca.

Y cerca de medianoche, con champán en la sangre, le habría resultado muy fácil apoyarse en él, descansar la cabeza en su hombro. Por eso, con el fin de recordarse a sí misma el motivo por el que estaba allí, preguntó:

–¿Qué ha pasado con Ruby?

–Que cometió el error de preguntarme adónde conducía lo nuestro.

–Y tú le dijiste...

–¡Que a ninguna parte!

La música cesó y Luca se apartó de ella.

–Venga, vámonos. Voy a pasar la noche en la oficina –Luca se miró el reloj–. En cinco horas tenemos que tomar el helicóptero.

Lo que se traducía en tres horas para dormir si ella iba a pasar la noche en su casa.

–¿Y tú? –le preguntó Luca.

Y una hora de más era un lujo cuando se seguía el horario de Luca.

Siempre tan caballeroso, Luca le abrió el sofá cama que ella tenía en su despacho y luego él se retiró a su lujosa suite.

Emma se quedó tumbada mirando al techo y pensando en él. Luca no se había abalanzado sobre ella ni una sola vez, tampoco la había hecho sentirse incómoda y, aparte de la invitación del día que se conocieron, nada de nada.

Si no se contaba que antes ese día la había sorprendido mirándole por el espejo.

Emma volvió a sentirse avergonzada, aunque se consoló pensando que si hubiera sido ella quien estaba en bragas y sujetador, él también habría mirado.

–¿Qué sentido tiene todo esto, Em?

La voz de él por el interfono penetró la oscuridad y la hizo sonreír. Hacía eso de vez en cuando.

–Que ganes mucho dinero.

–Ya he hecho mucho dinero.

–Que puedas tener a cualquier mujer que desees.

Se hizo una pausa.

–Tengo a cualquier mujer que deseo.

–En ese caso, no sé.

–¿Por qué estás aquí? –preguntó Luca–. ¿Por qué trabajas hasta reventar para un jefe cruel que jamás te da una tarde libre?

–Porque me encanta mi trabajo –respondió ella, como debía.

–¡Tonterías! –exclamó la voz del interfono, y ella sonrió–, ¿Por qué estás aquí, Em?

Emma se sintió tentada de hablarle de las facturas de la casa, de su sueño de estudiar en la escuela de arte, de explicarle que ese trabajo le había salvado la vida y que esperaba que, al final, le proporcionara la oportunidad de lograr sus objetivos.

Pero ésa no era una conversación para tener con un jefe.

–¡Buenas noches, Luca!

Emma nunca habría adivinado que de no ser por esas tres palabras la puerta se habría abierto.

Le gustaba a Luca.

Luca se quedó mirando al techo y el hecho de no haber ido a la habitación de ella demostraba lo mucho que le gustaba.

No tenía nada que ver con las advertencias de Evelyn; bueno, quizá un poco, ya que no podía permitirse el lujo de perder a Evelyn y su marido se estaba hartando de que trabajara tantas horas al día.

Pero era más que eso.

No quería perder a Emma.

Le gustaba.

Emma era diferente a las demás mujeres que había conocido. La oficina se iluminaba con su charla y su ánimo, y le contestaba y le hacía gracia.

Y él también le gustaba a ella. En *ese* sentido.

Pero ahora empezaba a dudar. Esa tarde había visto la expresión de Emma en el espejo y, durante unos segundos antes de que ella le sorprendiera, había visto deseo en sus ojos.

Se sentía indeciso.

Su instinto le instaba a dejar que la naturaleza se encargara del curso de las cosas.

Con las mujeres, él siempre se guiaba por el instinto, y el instinto le decía que fuera a donde estaba ella con esos horrorosos pijamas que llevaba. Se excitó al instante al pensar en esos rizos oscuros sobre la cama y en la suave piel de Emma.

En ese caso, ¿por qué tanta reticencia?

Porque duraría un par de semanas, quizá un par de meses y después ella le exigiría más, como todas, como Martha...

Luca cerró los ojos. Martha era la única a la que le había costado dejar.

Aún sufría al pensar en ello.

Pero... ¿por qué comparaba a Emma con Martha cuando ni siquiera la había besado?

No había estado con ninguna mujer desde que

Emma entrara a trabajar en la empresa y había dejado a Ruby por fin.

Pensó en ir a donde estaba Emma, pero algo se lo impidió: Emma necesitaba ese trabajo y, por el momento al menos, él la quería en la empresa.

No podía tener ambas cosas.

Capítulo 4

TU HERMANA insiste en hablar contigo. Lleva toda la mañana llamando y también te ha llamado al móvil –le dijo Emma por el interfono–. Y ahora insiste en hablar contigo.

–Sigo estando en una reunión.

Luca lo hacía todo al contrario que los demás: no dejaba nada por la familia.

Y ella tenía que cargar con las consecuencias.

–Lo siento, Daniela –dijo Emma una vez más por el teléfono–. Ahora está muy ocupado y realmente no se le puede molestar. ¿Puedo ayudarte yo en algo?

–Puedes preguntarle por qué no viene, por qué sólo me va a conceder dos horas de su precioso tiempo en un día tan importante para mí, mi propio hermano...

Era agotador escuchar aquello; sin embargo, le pagaban muy bien por hacerlo. Y vérselas con Daniela era más fácil que vérselas con Luca en esos momentos. Según se acercaba la fecha de la boda de su hermana, el humor de Luca empeoraba. La tensión era casi palpable.

–Me voy a Hemming's –dijo Evelyn acercándose a su escritorio–. Luca necesita unos papeles y además tengo que hablar con el contable.

–Bien.

–Pase lo que pase, Emma, no le pases a Luca la llamada de Daniela –dijo Evelyn en tono serio–. De hacerlo, Luca dirá algo de lo que se arrepentirá más tarde y... ¿quién crees que va a pagar por ello luego?

–¿Qué es lo que pasa? –preguntó Emma por quincuagésima vez–. ¿Por qué no puede ir a pasar el fin de semana? Lo hace constantemente por los clientes.

–No tengo ni idea –de repente, Emma se dio cuenta de que Evelyn estaba esquivándola con respuestas vagas–. Llevo años trabajando para Luca y no sé gran cosa de su familia; lo único que sé es que desde que se anunció la boda le llaman cada cinco minutos y a él eso no le gusta nada.

–Ya me he dado cuenta.

–Ponme con el doctor Calista –dijo la voz de Luca por el interfono con brusquedad, y Evelyn alzó los ojos al cielo y Emma descolgó el teléfono.

–Buena suerte.

Era como saber que había un oso suelto por el edificio que podía aparecer en cualquier momento.

Luca salía de su despacho de vez en cuando, gritaba y protestaba, daba órdenes y volvía a encerrarse. Los teléfonos seguían sonando y, con Evelyn ausente, Emma llamó al café y pidió que le subieran unos sándwiches para almorzar. Luca le había gruñido que no quería nada después de que ella le preguntara.

—¿De qué son? —Luca miró el almuerzo de ella y eligió un sándwich de salmón y crema de queso.

Pero Emma ya se había acostumbrado a él y, en el momento en que Luca cerró la puerta de su despacho, ella abrió un cajón y sacó *su propio* sándwich de salmón y crema de queso, sonriendo para sí misma por haber adivinado lo que iba a pasar mientras alargaba el brazo para contestar el teléfono.

Dejó de sonreír. El sándwich se le atragantó al enfrentarse a un nuevo reto. Se preguntó si debería llamar a Evelyn. No sabía qué hacer.

—Luca... tu madre al teléfono.

—La llamaré más tarde —respondió él secamente.

Emma pasó el recado, pero no sirvió de nada.

—Luca... —volvió a decir por el interfono.

—¿Qué?

—Está llorando. No sé si ha pasado algo.

Cuando él lanzó una maldición en italiano, Emma contuvo la respiración, y soltó el aire al ver la luz roja de la tecla, lo que le indicó que Luca había aceptado la llamada, al tiempo que se preguntaba si había actuado correctamente.

La puerta del despacho de él era de madera maciza, por lo que no pudo oír nada y se puso a pasearse por la estancia mirando constantemente a la tecla roja. Por fin, tras una eternidad, la tecla roja se apagó.

Emma, angustiada, esperó unos instantes a que él la llamara enfadado, pero sólo encontró silencio y una puerta cerrada.

Llamó a la puerta.

Volvió a llamar e, ignorando que él no había contestado, decidió mostrar la decisión que ese trabajo requería: llenándose de aire los pulmones, abrió la puerta y entró. Después, deseó no haberlo hecho, pero ya era demasiado tarde.

Luca no podía soportarlo. ¡No podía!

Daniela llevaba semanas llamándole a diario, últimamente varias veces al día, y ahora su madre.

Y ahora las lágrimas.

Las súplicas.

–La familia, Luca –le había dicho su madre.

¡Odiaba la familia!

–¡Es lo único que te pido... después de todo lo que he hecho por ti, de lo que he sufrido por ti!

¿Por él?

Su madre siempre retorcía las cosas, seguía haciéndolo, diciéndole que había sufrido por él, que por él había soportado las palizas, un infierno...

Y ahora se suponía que tenía que devolver el favor.

¡Detestaba todo aquello!

Tenía la ira metida en el cuerpo, una furia que dieciséis años de vivir fuera de casa sólo habían logrado reprimir pero que amenazaba con brotar a la superficie. Su enorme despacho era diminuto, demasiado pequeño para contener toda su furia, su odio.

De repente se dio cuenta, vagamente, de que el móvil estaba sonando.

Agarró el móvil y lo lanzó al otro lado de la estancia, pero siguió sonando.

Agarró el teléfono de mesa y también lo tiró.

Pero pronto llegarían los mensajes electrónicos...

De una palmada barrió todo lo que había encima del escritorio: el ordenador, papeles, la lámpara, el café... todo. Y no sintió ningún alivio porque Emma entró en ese momento.

−¡Fuera! −le gritó él.

Pero ella se quedó donde estaba, paralizada.

−¡Sal ahora mismo de aquí!

Pero ella no lo hizo. Con expresión de horror y con lágrimas en los ojos permaneció donde estaba, negándose a marcharse. Por lo que él salió de la estancia, se dirigió al ascensor, apretó el botón y luego, apoyando la cabeza en el brazo y respirando profundamente, se vino abajo.

Lo explicaría.

Debía hacerlo.

No le gustaba que ella le hubiera visto así.

Luca se dio media vuelta y volvió sobre sus pasos, más tranquilo, recuperado, y la vio.

Arrodillada en el suelo, llorando asustada y temblando, agarrando trozos de cristal, tratando de arreglar el destrozo con el fin de que pareciera que nada había ocurrido.

Podía haber sido su madre veinte años atrás;

sólo que esa vez era él quien había causado tal desastre y era él quien había reducido a Emma a un mar de lágrimas.

—Lo siento —la voz de Emma temblaba al culparse a sí misma, y eso fue lo que le conmovió—. No debería haberte pasado la llamada de tu madre.

Le destrozó, porque se dio cuenta de que, con los años, se estaba volviendo como su padre.

Capítulo 5

CUANDO Evelyn volvió, se compró otra lámpara y otros cuantos artículos y fue como si nada hubiera ocurrido.

Pero sí había ocurrido.

No obstante, Emma se negó a permanecer callada.

Se obligó a enfrentarse a Luca cuando se enteró de su ridículo plan.

–¿Se puede saber por qué se supone que tengo que ir a la boda de tu hermana?

Eran las seis de la tarde y Emma había pasado dos horas con el equipo que organizaba los viajes de Luca y su imposible agenda, y era así como se había enterado de que su nombre aparecía en la lista de un vuelo a Palermo desde donde se iba a tomar un helicóptero para ir al pueblo de él. Pero lo peor había sido la sonrisa irónica de la directora del equipo cuando ella preguntó por qué no se había reservado el hotel aún.

¡No había hoteles en ese pueblo!

–¡Ah! –Luca tuvo la decencia de contraer el gesto–. Iba a decírtelo... a pedírtelo.

–¿A pedirme qué?

–Sabes que mi hermana se va a casar.

–No me digas... –Emma fingió sorpresa. Era ella quien se había encargado de organizar el regalo, una piscina, y una piscina al borde de un monte de roca volcánica ni más ni menos. Y era ella quien había tratado con el maestro de obras siciliano y con el arquitecto y con la compañía de seguros, y quien se había encargado de elegir las corbatas, y quien había tenido que vérselas con la hermana y la madre... ¡Y con el humor de perros de Luca! ¡Sí, sabía perfectamente que su hermana se iba a casar!

–Por favor –dijo Luca–, el sarcasmo no es propio de ti. Bueno, sí lo es, pero ahora no, por favor. Necesito ayuda este fin de semana. Es un poco difícil de explicar...

Emma sacudió ligeramente la cabeza. A Luca nunca le resultaba difícil explicar nada, el Luca que ella conocía siempre decía lo que pensaba sin problemas.

–Pues lo siento, pero no puedo ayudarte. Este fin de semana estoy ocupada –dijo Emma con voz tranquila. No estaba ocupada. Aunque era su cumpleaños, lo único que iba a hacer era visitar a su padre, pero no estaba dispuesta a decírselo a Luca–. Y aunque sé que mi trabajo consiste en hacer un poco de todo, organizar una boda no es realmente lo mío.

–De eso ya se está encargando otra gente.

–¿Entonces para qué me necesitas?

–Me resultaría todo más fácil si alguien fuera conmigo –admitió él.

–¿Quieres decir *contigo*? –Emma sacudió enér-
gicamente la cabeza–. No, Luca, ni hablar. Puedes
pedírselo a cualquiera...

–Es que a ti no se te va a ocurrir hacerte ilusio-
nes –dijo Luca–. Emma, tú me comprendes. La última mujer que me acompañó a casa... Martha. Le
expliqué que no se dejara influir, que mi familia iba
a suponer que íbamos en serio, que iba a haber una
boda pronto. Ella me aseguró que me comprendía;
sin embargo, cuando llegamos allí...

–¿Las cosas cambiaron?

Luca asintió.

–No puedo soportar la idea de ir, no puedo soportar la idea de pasar allí dos o tres noches solo.

Luca la miró. Se fijó en sus oscuros rizos, en esa
boca que siempre conseguía hacerle reír, en ese
cuerpo en el que ahora pensaba todas las noches.
Sólo así podría ir, con la única mujer que podía hacerle soportable aquel infierno.

Aunque ello significara que pronto tendría que
decirle adiós.

–He pensado que contigo allí...

–¿En serio creías que iba a aceptar? –preguntó
Emma–. Bueno, es evidente que sí, ya que el equipo
que te organiza los viajes ya estaba avisado.

–Iba a hablar contigo hoy, un poco más tarde.
No sabía que la reunión se había adelantado.

–La respuesta habría sido la misma. ¡No!

–¡Estás haciendo una montaña de un grano de
arena! –protestó él.

–¡Para mí lo es! Además, hay un montón de mujeres que estarían encantadas de acompañarte. Pídeselo a cualquiera de ellas.

–¡Mi padre está enfermo! –Luca jugó la carta de la compasión, pero a Emma no pareció impresionarle.

–Y el mío, pero yo no te pido que compartas la cama conmigo –le espetó ella.

–Sólo le quedan un par de meses de vida –confesó Luca.

–Lo siento mucho –respondió Emma–, pero yo no te puedo ayudar en eso. Siento que esté enfermo, pero...

–Yo no siento que esté enfermo, Emma –la interrumpió él–. Detesto a mi padre; en realidad, estoy deseando que se muera. Mi madre me ha pedido, me ha rogado que por última vez guardemos las apariencias y... En fin, te lo pido porque sé que tú comprendes...

–¿Que comprendo qué?

–¡A mí! –por primera vez, Luca parecía incómodo–. No me interesa el matrimonio, no me interesa sentar la cabeza. No lo haré nunca. Tú comprendes que esto es sólo un asunto de negocios.

–¡Compartir la cama contigo no me parece un asunto de negocios!

–Se te remunerará por ello. Podríamos decir que eres mi novia, no te estoy pidiendo sexo.

–¡Mejor, porque no me gustas sexualmente! –con el rostro enrojecido, Emma se volvió para marcharse. Ya había oído bastante, había mentido también, pero no había hablado lo suficiente y se dio la vuelta otra vez–. Tienes razón, Luca, te comprendo. Comprendo que eres guapo y la forma en que tratas a las mujeres. Entiendo perfectamente que no tienes ganas de sentar la cabeza y que las mujeres sólo son un pasatiempo para ti. Comprendo lo suficiente para saber que casi nunca duermes solo y que, al margen de lo que digas que soy para ti, a tu familia... ¡no es una buena idea compartir la cama!

–A mí me parece que podría ser una idea excelente –dijo él.

Y durante unos segundos los dos lo imaginaron, los dos visitaron el mismo lugar. De repente, Emma sintió calor y preocupación porque el atractivo de Luca era casi irresistible.

Y también le preocupaba que a los veinticuatro años jamás había tenido una relación; a veces, se sentía como si fuera la única virgen del mundo. En parte, haber cuidado de su padre le servía de justificación, pero era algo más que eso. Tenía miedo de entregarse a alguien, ya que no se fiaba de los hombres, lo que era un acierto en lo que a Luca se refería.

Excepto que...

Al menos con Luca sabía a qué atenerse desde el principio.

Y entonces pensó en la reacción que tendría él al enterarse de que todavía era virgen, lo que la hizo salir del peligroso lugar en el que se había sumergido.

–La respuesta sigue siendo no –dijo Emma con firmeza.

–¿Puedo al menos pedirte que lo pienses? –insistió él.

–Ya lo he pensado y te he dado mi respuesta. Me gusta trabajar para ti, Luca –Emma forzó una sonrisa–. Limitémonos a mantener una relación estrictamente profesional, ¿te parece? ¡Eso si eres capaz!

Y tras esas palabras, Emma se marchó.

Y por primera vez, Luca era quien estaba ruborizado. Emma le había despreciado, le había puesto en su lugar. Como hacía siempre, pensó Luca sentándose al escritorio. No le gustó, no estaba acostumbrado a que le rechazaran.

¡Podía ir con quien quisiera! Y con esa idea, agarró el móvil y en la lista de contactos repasó los nombres de las múltiples bellezas desperdigadas por el mundo a las que podía recurrir, pero ninguna le interesaba.

Emma sí.

Se quedó allí sentado, pensando, mientras anochecía.

Emma podía ayudarle unas semanas con la boda, con la última etapa de la enfermedad de su padre. Con Emma a su lado, sería mucho más llevadero. ¿Y por qué tenía que ser sólo durante unas semanas? Se llevaban bien y, a pesar de las protestas de ella, sabía que le atraía.

¿Y por qué tenía que acabar tan pronto? Quizá su relación durase unos meses, incluso un año...

Capítulo 6

¡EMMA!

Luca pronunciaba su nombre de muchas maneras, y con su acento italiano hacía que su nombre sonara vagamente exótico.

Pero ya no.

Aquél había sido un corto y brusco «Emma» por el interfono que la había hecho dar un salto en el asiento, una orden para que se presentara en su despacho de inmediato.

A las nueve de la mañana tenía una reunión con el equipo de Recursos Humanos, faltaban cinco minutos, y el informe sobre la reunión tendría que estar en el escritorio de Luca a la hora del almuerzo, seguido de preguntas y respuestas. Se sintió tentada a ignorar la llamada, a hacerle pensar que ya se había marchado a la reunión.

–¡Emma! –la llamada fue seca, pero esa vez no por el interfono–. ¿Es que no me has oído?

–Ahora mismo iba –respondió Emma con calma.

Hacía una semana de la ridícula propuesta de Luca y, aunque él había demostrado el suficiente sentido común para no volver a sacar el tema, la relación entre los dos dejaba mucho que desear.

No estaba enfadado, pero el trato entre ambos era estrictamente profesional. Habían dejado de bromear y reír, y ella echaba de menos eso.

–Tienes que preparar una reunión con el señor Hirosiko. Necesito las últimas cifras...

Recientemente, Luca había puesto sus miras en Japón, un mercado difícil de penetrar para un extranjero; sin embargo, Luca lo había visto como un reto, había empezado a estudiar japonés y les había instado a Evelyn y a ella a hacer lo mismo. Luca se había lanzado de lleno, familiarizándose con la etiqueta japonesa y con *kaiseki ryori*, o alta cocina japonesa; su personalidad inquieta siempre buscaba nuevos desafíos.

–Prepara la sala de reuniones para un «cara a cara» –Luca chasqueó los dedos tratando de recordar algún pequeño detalle–. Hay algo de lo que tengo que hablar con él primero...

–El funeral de su madre fue la semana pasada –dijo Emma, que lo sabía porque se había encargado de enviar las flores a nombre de D'Amato Financiers.

–Ah, eso era –Luca asintió a modo de agradecimiento.

Luca iniciaría la difícil reunión con unas palabras amistosas antes de lanzarse a la yugular. Tras las semanas que llevaba trabajando con él, sabía que no era una táctica. Luca podía separar el aspecto profesional y el social de las situaciones con alarmante facilidad; cuando diera el pésame, lo haría de corazón, pero cuando tratara de negocios y de dinero, no habría concesiones. Por eso era por lo que D'Amato Financiers no sólo había sobrevivido, sino que se había expandido. Luca manejaba dinero, mucho dinero, el suyo y el de otros, y tenía visión de futuro.

Y no le pasó desapercibido el gesto de ella al mirarse el reloj.

–La reunión con los de Recursos Humanos puede esperar –dijo Luca–. Esto es importante.

Siempre que ella había tratado con Kasumi, la ayudante personal del señor Hirosiko, la había encontrado serena y dulce, y aquella mañana sonreía en la pantalla cuando ella, por fin, encontró el botón que tenía que pulsar. Charlaron un momento y admiró el cabello negro azabache de Kasumi en la pantalla de la sala de videoconferencias mientras terminaba de colocar encima de la mesa las notas que Luca le había pedido.

–Voy a decirle al señor Hirosiko que el señor D'Amato ya está listo para la reunión –dijo Kasumi cuando Emma y ella lo tuvieron todo preparado.

–*Konbanwa* –dijo Emma, despidiéndose de Kasumi con un «buenas tardes».

Siguiendo las órdenes de Luca, había empezado a estudiar japonés en su llamado «tiempo libre», que era durante el trayecto al trabajo o a visitar a su padre, con unos CD que Luca le había dejado. Sin embargo, después de seis semanas, seguía en el nivel uno.

–Que tengas un buen día –respondió Kasumi; pero en ese momento Luca entró en la sala y ella se dio cuenta de que la imperturbable Kasumi no permanecía inmune a sus encantos.

En la enorme pantalla, Emma vio enrojecer las pálidas mejillas de Kasumi... ¿y quién podía reprochárselo? Luca no se había limitado a entrar en la sala y a dar los buenos días. No, al entrar, le había dedicado toda su atención; después de darle los buenos días, se puso a hablar en un impresionante japonés, mirándola a los ojos, y luego había dedicado a Kasumi una de sus infrecuentes carcajadas.

–¡Y eso es todo, me temo que mi japonés no da para más!

–Lo ha hecho muy bien –Kasumi sonrió–. Su japonés está mejorando.

–Un poco –concedió Luca.

Luca se acercó a la mesa y al ver los labios apretados de Emma se volvió de nuevo a la pantalla y volvió a mirar a Kasumi a los ojos, mientras la ira se le agarraba a Emma a la garganta.

–*Saifu o otoshimashita* –dijo Luca, y Kasumi comenzó a reír–. *Isha o yonde kudasai.*

Kasumi se mostró encantada y a Emma le enfureció el escalofrío que sintió, la indignación que sintió al verle coquetear delante de ella con tal descaro. Pero no iba a permitir que se le notara, por lo que le sirvió a Luca un vaso de agua y comprobó que la grabadora estaba encendida porque, sin duda, Luca le había ofrecido a Kasumi cena y desayuno en su siguiente visita a Japón y eso era lo que a Kasumi le había hecho reír.

No obstante, la risa de Kasumi cesó en ese momento con la entrada de su jefe, pero a Emma aún le ardían las mejillas al salir de la sala de videoconferencias.

–¿Todo bien? –le preguntó Evelyn mientras Emma recogía unos papeles para la reunión con los de Recursos Humanos, que había sido retrasada.

–Sí, todo bien –respondió Emma forzando una sonrisa, aunque nada iba bien.

Emma estaba inquieta y perturbada, incluso enfadada, y no quería reconocer el motivo. Al tomar asiento en la reunión, se fijó en las orquídeas color rosa pálido, las flores que Luca había elegido para aquella semana, y apretó los dientes por sentir celos. Eran celos lo que le había despertado la conversación de Luca con Kasumi y en su vida no había cabida para ese sentimiento.

Luca era un casanova, un rompecorazones, un consumado playboy. La aplastaría. Había hecho lo correcto al rechazar esa ridícula oferta. De haber aceptado, ya podía despedirse de su trabajo. A pesar de que Luca, implícitamente, había dicho que no habría nada de naturaleza sexual entre los dos, ella no le creía. Y a Luca no le gustaba enfrentarse a sus errores, Evelyn se lo había advertido desde el principio.

Sí, había hecho bien. Pero en ese caso, ¿por qué por las noches se quedaba pensando en la cama, deseando que las cosas fueran diferentes, deseando tener el valor suficiente para decir que sí?

Le daba vueltas la cabeza cuando salió de la reunión con el equipo de Recursos Humanos y, al volver a su despacho, se encontró con varias llamadas personales a las que tenía que atender, y ninguna la hacía feliz.

El posible comprador de la casa de su padre se había echado atrás y su hermano Rory, aunque había dicho que quería ayudarla económicamente, ahora no podía porque acababa de enterarse de que le habían incrementado las mensualidades que tenía que pasarle a su ex esposa para la crianza de su hijo.

–¡Rory! –exclamó Emma–. ¡Quedamos en que los dos pagaríamos la residencia de papá hasta que se vendiera la casa!

–Eso fue antes de que nos enterásemos de la hipoteca que papá debe de la casa. Escucha, Em, aunque la casa se venda, el dinero que nos den no va a cubrir los gastos de la residencia para el resto de su vida. Papá sólo tiene sesenta años. He hablado con nuestros hermanos y hemos pensado que quizá deberíamos buscar una residencia más barata...

Sí, y lo harían.

Emma le colgó a su hermano. No le cabía duda de que a sus hermanos no les costaría nada cambiar a su padre de residencia con el fin de hacerse con algo de dinero.

Y fue en ese momento cuando la llamaron de la residencia para decirle que su padre llevaba preguntando por ella toda la mañana.

–Está bien –le aseguró una enfermera–, aunque un poco nervioso...

–Mire, sé que últimamente no he ido mucho por

allí –Emma, agotada, cerró los ojos–. No ha sido porque no haya querido.

–No he llamado para hacerla sentirse culpable –dijo la enfermera–. Usted nos pidió que la mantuviéramos al tanto y, aunque su padre está algo confuso... en fin, ha notado que viene a verle menos que antes.

–Dígale que iré pronto –contestó Emma.

–¿Podría decirle cuándo?

Quizá no quisieran hacerla sentirse culpable, pero era así precisamente como se sentía.

Y, en ocasiones, el sentimiento era sobrecogedor.

Se apretó los párpados con los dedos para contener las lágrimas; a veces, le daban ganas de tirar la toalla y dejar que sus hermanos se encargaran de aquel lío.

Cuando se vendiera la casa, ella se encontraría en la calle. Por supuesto, con el dinero de la venta se cubrirían las deudas con la residencia; pero, de momento, esas deudas le estaban causando pesadillas.

–¿Problemas?

Emma se sobresaltó, no sabía cuánto tiempo Luca llevaba allí observándola.

–No, ninguno –Emma forzó una sonrisa–. La reunión ha ido bien. Voy a escribir el informe de la reunión y te lo daré en cuanto lo haya acabado.

–No me refería a la reunión con los de Recursos Humanos –Luca frunció el ceño–. ¿Te pasa algo?

–No, nada. Me duele un poco la cabeza, eso es todo.

–La mujer de la limpieza de mi casa no se encuentra bien.

–¡Ah! –Emma parpadeó y fue a agarrar el teléfono–. ¿Quieres que llame a la agencia para que envíen a una sustituta?

–No, sobreviviré por un día –respondió Luca magnánimamente–, pero voy a tomar un avión para Japón esta tarde. Evelyn me va a acompañar, ya ha ido a su casa a preparar la maleta; por eso... ¿te importaría ir a mi casa para hacerme el equipaje?

Una consecuencia de ser rico y estar tan solicitado era que la vida privada de Luca era muy poco privada. Un montón de gente se encargaba de que él no perdiera su valioso tiempo con pequeños detalles.

Algo más tarde, al entrar en el lujoso apartamento de Luca, Emma se agachó y fue a acariciar a Pepper, que como tenía por costumbre le ladró a modo de advertencia; después, el animal se acercó a la puerta corredera de cristal para que se la abriera y así poder salir.

Emma también salió a la terraza y contempló la espectacular vista del Támesis antes de volver a entrar y ponerse a trabajar. Fue al dormitorio y abrió el cuaderno en el que estaba la lista con lo que Luca iba a necesitar para pasar dos días fuera.

Después de haber metido en el equipaje trajes, zapatos y ropa de sport, abrió el cajón en el que estaba la ropa interior de Luca.

–Hola.

Emma se sobresaltó cuando Luca entró en la habitación; con unos calzoncillos de él en la mano, no pudo evitar ruborizarse. Le resultaba incómodo estar revolviendo en el cajón de la ropa interior de él, a pesar de que eso formaba parte de su trabajo.

Por supuesto, a Luca no le afectaba en absoluto.

Luca se quitó los zapatos y se tumbó en la cama para hablar por teléfono mientras ella entraba en el cuarto de baño para recoger los artículos de tocador de él. Y Emma trató de no prestar atención al par de llamadas telefónicas de Luca, ambas personales, para cancelar un par de citas nocturnas y, de paso, romper un par de corazones.

−¿Por qué cuando digo que voy a Japón creen que miento? −preguntó Luca cuando ella volvió al dormitorio.

−Porque sueles hacerlo −observó Emma.

−Esta vez no −Luca clavó los ojos en ella−. ¿Qué es lo que te pasa, Em?

−¡Para ti, señorita Stephenson! −bromeó Emma, negándose a pasarse de la raya con él−. Pero puedes llamarme Emma.

−¿Qué te pasa, Emma? Y no pongas la excusa de que te duele la cabeza.

−No me pasa nada −insistió ella.

Aún tumbado en la cama, Luca cerró los ojos y lanzó una ronca carcajada.

−¡Vaya, ahora que estoy descansando, resulta que también a mí me ha dado dolor de cabeza!

Y era verdad. Mientras la oía hacer el equipaje, pensó en lo fácil que le resultaría cerrar los ojos y dormirse. No quería ir a Tokio. Increíblemente, y no por primera vez en los últimos tiempos, no podía soportar la idea de un viaje en avión.

–Deberíamos hacer novillos.

–¡Hacer novillos como los niños! –repitió Emma sonriendo traviesamente.

–Sería estupendo –Luca sonrió–. Podríamos sacar hielo de la nevera y ponérnoslo en la cabeza y quedarnos aquí tumbados e ignorar el teléfono.

–Una idea estupenda –Emma también sonrió, porque sabía exactamente cómo se sentía Luca, igual que ella–. Pero no podemos.

Con los ojos cerrados, Luca no paraba de pensar.

Estaba harto de mantener las distancias con Emma.

También estaba disgustado consigo mismo por cómo había manejado la situación.

La deseaba.

Y, al mismo tiempo, no la deseaba... porque le gustaba trabajar con ella. Le gustaba tenerla en la oficina. Y siempre que tenía relaciones con una mujer... en fin, todo acababa.

No había futuro para ellos.

Hacía mucho tiempo había tomado la decisión de no mantener relaciones prolongadas con una mujer.

Era una promesa que se había hecho a sí mismo hacía años.

Permaneció allí tumbado, con dolor de cabeza, la oyó acercarse a la cocina, oyó el grifo y se sintió indeciso.

La deseaba.

No quería perderla.

Sin embargo, las dos cosas eran incompatibles.

–Toma –Emma estaba de vuelta con un vaso de agua al que echó dos pastillas–, bébete esto.

–Sólo si tú también bebes.

Emma echó otras dos pastillas en el vaso de agua y lo compartieron. Tenía gracia notar una cosa así, tenía gracia que a él le importara un detalle tan insignificante como que Emma no fuera a por otro vaso.

–Nos encontraremos mejor dentro de unos veinte minutos –Emma sonrió, contenta de que por fin estuvieran charlando con normalidad después de las últimas semanas–. Lo dice en la caja.

Emma cerró la cremallera de la bolsa de un traje y agarró el teléfono para llamar mientras Luca se tomaba un café que acababa de preparar. Luca metió unos papeles en la cartera mientras le daba instrucciones rápidas que ella tardaría un par de horas en ejecutar.

–Si surge algún problema, llama a Kasumi. Da igual la hora que sea, todo tiene que estar listo para mañana.

–Por supuesto.

Luca sonrió para sí al observarla encresparse ligeramente al oír mencionar el nombre de la japonesa.

–*Saifu o otoshimashita* –dijo Luca, viéndola enrojecer al oírle repetir las palabras que le había dicho a Kasumi–. *Isha o yonde kudasai*.

–Puedes decírselo a ella cuando la veas –respondió Emma fríamente.

–¡Se me ha caído el monedero! –Luca se echó a reír–. ¿Puede alguien llamar al médico? ¡Estaba practicando frases que acabo de aprender!

La hizo reír, pero la muestra de celos ahí quedó y ella no sabía qué hacer con él ni con la energía que parecía envolverlos. Aún estaba en el aire la peligrosa oferta de Luca y, en ese momento, a ella le dieron ganas de aceptarla. Quizá pudiera fingir no ser virgen. Quizá su cuerpo supiera qué hacer.

Evelyn llamó por el interfono y Luca agarró la cartera.

–No te molestes en volver a la oficina –dijo él, indicando con la cabeza un PC–. Hazlo desde aquí y márchate a tu casa cuando termines.

Luca frunció el ceño al fijarse en la palidez de Emma.

–Mejor aún, tómate el día libre mañana –añadió él.

–Mañana tengo un montón de cosas que hacer.

–Cancélalo todo, es una orden –Luca se encogió de hombros–. Tómate el día libre, dedícalo a hacer tus cosas y descansa. Hasta el lunes.

Y, como siempre, Luca se marchó de su casa con la misma facilidad con que salía de un hotel: se dio media vuelta y salió por la puerta sin más.

Ahora que él se había ido, Emma volvía a respirar.

Por primera vez, quería hablar en serio con él, hablarle de sus problemas. Quería compartir, explicar... y no para que él lo arreglara todo porque sabía que Luca no podía hacerlo, no podía hacer que su padre mejorase de repente ni que el coste de la residencia fuera menor ni que no sintiera resentimiento por la forma como su padre la había tratado hasta ahora. No, no era nada de eso. Pero al verle en la cama, mirándola con esos ojos azules oscuros, era lo que había querido hacer.

Había querido escapar un rato, tumbarse al lado de Luca y dejar que el mundo siguiera dando vueltas sin ella por un tiempo.

La puerta del piso volvió a abrirse y ella se irguió y plantó una sonrisa en su rostro mientras Luca, apresuradamente, caminaba hacia ella. Debía de habérsele olvidado el pasaporte o el teléfono o...

Y entonces ocurrió.

Lo que había estado soñando secretamente desde la primera vez que le vio.

Lo que había tratado desesperadamente de ignorar y evitar.

Esa burbujeante tensión que había entre los dos reconocida por fin.

Las manos de Luca tiraron de ella y su boca se apretó contra la suya.

La envolvió en un abrazo y le aplastó la boca con la suya.

Y Emma sintió alivio.

Alivio de ser besada y de besar.

La lengua de Luca estaba fría y sabía a menta, a hombre, a café y a huida. Y se entregó a la sensación. Al paraíso de esos firmes labios.

El contacto con ese cuerpo era todo lo que sus

ojos le habían prometido, delgado y fuerte bajo sus manos y contra su cuerpo.

Los ojos de Luca estaban cerrados, ella tenía que mirar, tenía que verle, y la hizo desear más ese momento porque Luca estaba tan perdido en él como ella. Luca apartó la boca de la suya y le acarició con ella las mejillas mientras le apretaba las caderas contra las suyas, y luego le besó los oídos. Ella se recostó en Luca, se amoldó a él, cada vez más débil mientras Luca le besaba la garganta y, con ambas manos en sus nalgas, la apretaba contra sí. Y la boca de Luca volvió a encontrar la suya permitiéndole saborearle. Todo dejó de tener importancia, excepto el beso y el cuerpo de Luca. Daba igual cómo acabaría porque, por primera vez, no estaba pensando ni solucionando nada ni sobreviviendo... estaba viviendo, por él, para él, por los dos.

Y entonces sonó el interfono, Evelyn avisando de que se estaba haciendo tarde.

—Esto no ha pasado —dijo Emma con voz temblorosa mientras Luca se separaba de ella.

Emma se llevó los dedos a los labios, aún hinchados y con el sabor de él, y lo que hacía un momento le había parecido lo más natural de repente le resultó confuso.

Y entonces Luca volvió a besarla.

—Ni esto —dijo Luca, contemplando los encantadores ojos claros de ella, viendo su confusión. Emma era adorable y, durante unos segundos, sintió pesar.

Un profundo pesar porque pronto tendría que acostumbrarse a echarla de menos.

Pero era demasiado tarde porque había puesto la maquinaria en marcha y la cuenta atrás hacia lo inevitable había comenzado.

Cuando la voz de Evelyn sonó por el interfono advirtiendo de que estaba subiendo, Luca lanzó una rápida mirada a Emma, que la hizo reír.

–¡No se lo digas!

–¡Por Dios, no! –Emma tragó saliva–. Vamos, vete.

–Piensa en lo de Italia.

Luca seguía agarrándola y ella sintió el martilleo de su corazón y la humedad en la entrepierna. Los ojos de Luca estaban en ella, las manos en sus caderas, y tiró de ella hacia sí una vez más, dándole una pequeña demostración de lo que la esperaba si se atrevía a aceptar.

–¿De qué tienes miedo? –le preguntó Luca.

Y Emma decidió contestar honestamente.

–De perder –respondió ella mirándole a los ojos. Y no se trataba sólo del trabajo, sino de perderle a él–. Olvidemos lo que ha pasado.

Palabras fútiles, y ambos lo sabían.

Capítulo 7

PAPÁ, por favor, no llores.

Su padre siempre se disgustaba cuando ella se marchaba. No había llegado a la residencia hasta las ocho de la tarde y no podía quedarse mucho. Pero Luca se marchaba a Sicilia al día siguiente, por fin había accedido a pasar unos días con su familia, por lo que ella dispondría de más tiempo para ver a su padre durante un par de días.

Valdría la pena... ¡a pesar de que su jefe apenas le hablaba! Luca se estaba dando por enterado por fin; a pesar del beso, ella había seguido negándose a acompañarle a la boda de su hermana.

—Es que la echo de menos... —Frank estaba mirando una foto de su mujer y Emma no lo comprendía. De toda la vida recordaba que, prácticamente, en casa había estado casi prohibido hablar de su madre—. Sólo quiero estar con mi Gloria. ¿Por qué nos abandonó?

—Papá, no nos abandonó porque quisiera...

—¡Y por ese sinvergüenza que se las daba de artista! ¿Cómo pudo dejar a su familia?

A Emma se le heló la sangre en las venas.

–Papá, mamá no nos abandonó, murió en un accidente de coche.

–Ella por ahí con su novio y su niña pequeña
llorando en casa –Frank sollozaba y la enfermera
entró.

–Emma, vamos a darle la pastilla para dormir, se
tranquilizará enseguida.

–¿Cómo pudo abandonar a sus cuatro hijos?

–¡Rory! –no le importaba que fuera tarde ni estar conduciendo cuando llamó por el móvil a su
hermano–. ¿Mamá nos abandonó?

–Emma...

–Dime qué pasó.

–Sabes lo que pasó –Rory suspiró–. Murió en un
accidente de coche.

–¿Quién conducía el coche?

Emma sabía que su hermano estaba ocultándo-
selo, lo notó en la breve pausa de Rory antes de
contestar.

–¿Te ha dicho algo papá?

–Que mamá nos abandonó.

Se hizo un prolongado silencio y, por fin, escuchó la verdad.

–Mamá nos abandonó un mes antes de morir –al
oírla sollozar, Rory se mostró preocupado–. Oye,
para el coche, no debes conducir...

–¡Nos abandonó!

–Quería «encontrarse a sí misma», dedicarse al
arte, salir con ese tipo. ¡Oye, eso pasó hace veinte

años! No comprendo por qué te estás poniendo así.
Eso no cambia nada.

Claro que sí.

Emma cortó la comunicación y tiró el teléfono
al asiento contiguo.

Lo cambiaba todo.

No debía conducir en ese estado e hizo un esfuerzo por concentrarse, por calmarse, hasta que
llegó a la casa de su familia, a la casa que su madre
había abandonado... y fue entonces cuando le vio.
El coche de Luca estaba allí, esperándola, y Luca
salió del vehículo y caminó hacia ella. Tenía el rostro cenizo y ojeras.

Emma olió whisky en su aliento, oyó temor en
las palabras de él, un temor que se hacía eco del
suyo.

–Ven conmigo mañana –Luca no la tocó ni le
exigió, ni siquiera le rogó, simplemente su estado
se asemejaba al suyo.

–Sí.

Luca parpadeó, una sonrisa se dibujó en su rostro, alivio porque ahora podría soportarlo, enfrentarse a ello.

–¿Por qué has tardado tanto? –preguntó Luca.

Su madre les había dejado...

Su ídolo, la mujer perfecta, había dejado de exis-
tir. Estaba enfadada, pero también le alegraba la idea
de vivir en vez de llorar una muerte, de olvidarse
del pasado y lanzarse al futuro.

Y ahí estaba... si tenía coraje para abrazarlo.

–Nunca me he acostado con nadie –Emma observó su reacción, le vio abrir mucho los ojos y creyó ver casi miedo en su expresión–. No te preocupes, Luca, no es porque haya estado esperando al príncipe azul para que me quitase la virginidad.

–¡Emma! –Luca no había contado con eso. Quería alivio, distracción, y a lo que se enfrentaba era a una gran responsabilidad. Pero Emma se echó a reír y le dio un beso en la mejilla. Parecía estar de un humor extraño, algo histérico–. Sabes que no quiero nada serio...

–Conozco las reglas del juego, Luca –dijo Emma con voz tranquila–, y estoy dispuesta a seguirlas. Y ahora, si me disculpas, tengo que hacer el equipaje.

Cuando el avión privado de Luca despegó por la mañana temprano, Emma sólo quería cerrar los ojos y dormir.

Había pasado la noche llorando por una mujer a la que no conocía, por un padre que quizá comenzaba a comprender.

Pero ella era fuerte, tenía que serlo, por lo que había protegido sus ojos con unas gafas de sol enormes y alegó otro dolor de cabeza cuando Luca hizo un comentario al respecto. Se alegraba de tener la oportunidad de pasar unos días lejos, de dejarlo todo atrás.

Les sirvieron un desayuno fabuloso acompañado de un espeso café; pero Emma no tenía hambre y él la observó juguetear con la comida en el plato.

Había algo diferente en ella. No era que no estuviera parlanchina y educada como siempre, pero parecía distraída, incluso inquieta.

Se había quedado perplejo la noche anterior cuando Emma accedió a acompañarle.

Había planeado el fin de semana, había esperado que la mutua atracción que existía entre ambos se saciara pronto, que ella le proporcionara el alivio que le permitiría soportar la difícil situación que se le presentaba.

Llevaba meses temiendo esa boda, el regreso al hogar paterno, ver a su padre y a sus tíos. Emma iba a haber sido su consuelo.

Pero ahora ya no, y sólo podía culparse a sí mismo.

Romper corazones no le preocupaba.

Pero romper el de ella... eso le hacía dudar.

Notó que Emma no estaba comiendo y, al recordar la bebida preferida de Emma, se la pidió a una azafata. Después, se recostó en el respaldo del asiento y la observó mientras bebía el espeso chocolate caliente.

–Tienes hermanos, ¿no? –preguntó Luca.

–Tres –respondió Emma.

–¿Qué pasó con tu madre?

–No quiero hablar de eso...

–Tenemos que hacerlo –insistió él. Acababa de terminar su desayuno y le retiraron el plato al instante. La conversación continuó cuando la azafata, discretamente, se retiró–. Cuentas muy poco de tu vida personal.

–¡Mi horario casi no me deja tiempo para una vida personal! –protestó ella.

–Emma, este fin de semana se supone que eres mi novia, te voy a llevar a casa de mis padres. Tienes que reconocer que debería saber algo de tu vida.

Luca tenía razón. En todo el tiempo que le conocía se había mostrado muy reservada respecto a su vida. Y como Luca acababa de decir, tenían que representar el papel convincentemente.

Pero, en ese momento, él dijo:

–Está bien, le diré a mi madre que no te gusta hablar de ello.

–¿De qué? –preguntó Emma sin comprender.

–De nada que yo no sepa la respuesta –contestó Luca, contento de haberla hecho sonreír–. Llevamos un par de meses saliendo juntos, desde que entraste a trabajar en mi empresa. Los dos hemos pensado que trabajar juntos es demasiado, así que pronto dejarás este trabajo.

–¿Y a qué voy a dedicarme?

Luca se encogió de hombros y pensó en lo que sus conquistas hacían.

–¿A modelo?

–¡Por favor! –Emma lanzó una carcajada–. Está bien, diré que, como estudio arte, tú vas a preparar un estudio para mí en tu casa, en la habitación grande que tienes en la parte de atrás y que no usas. Tú no me lo habías dicho porque querías darme una sorpresa, pero yo lo he adivinado.

–¿Se te da bien? –preguntó Luca–. Me refiero al arte.

–Acabo de empezar el curso de noche. Mi padre no quería que... –pero Emma se interrumpió al darse cuenta del porqué de que a su padre no le gustara la idea, pero se negó a divagar sobre ello–. Ah, y a propósito, lo digo por si sale en la conversación, hoy es mi cumpleaños.

–¿En serio? –Luca frunció el ceño–. Deberías habérmelo dicho.

–Acabo de hacerlo.

–Siento haberte chafado los planes que tuvieras para celebrarlo.

–No tenía planes –respondió Emma–. No tiene gran importancia.

–¿Y qué edad tiene Emma hoy?

–¡Veinticinco! Y ahora, ¿qué tengo que saber yo de ti?

–Sabes suficiente.

–No sé nada sobre tu familia.

–Mi madre se llama Mia y mi padre Rico. Mi padre era policía. Y ya sabes de Daniela...

–Y tu padre... ¿está enfermo?

–Muy enfermo.

–¿Y no os lleváis bien?

Luca se encogió de hombros. Esa vez era Luca quien no quería hablar del asunto.

–¿Algo más que debería saber? –presionó ella.

–No, nada. Como acabo de decir, mi padre era el policía del pueblo. Yo fui a estudiar a un internado a partir de los diez años... –la vio fruncir el ceño–.

Es normal en el sitio en el que me crié, ya que la escuela del pueblo sólo es hasta esa edad. En serio, era completamente normal.

–Y el hijo se convirtió en multimillonario –Emma sonrió, pero después volvió a mostrarse seria–. ¿Por qué, Luca? ¿Por qué los detestas...?

–A Daniela no –la interrumpió él–. Y tampoco a mi madre. En fin, hagamos lo que tenemos que hacer, pasémoslo bien y se acabó.

Había un dormitorio en la cola del avión, pero como el vuelo era relativamente corto, Luca se conformó con reclinar el asiento y estirarse, y ella, quitándose las gafas de sol, hizo lo mismo.

–Me encantan estos asientos –comentó Emma–. Ojalá tuviera uno así en casa.

Se arrellanó cómodamente mientras la azafata le echaba una manta por encima.

–Lo recordaré, por si algún día tengo que sobornarte. Dime, ¿estás bien?

–Sí, estoy bien.

–Porque si te preocupa lo que hablamos anoche... en fin, no tienes por qué hacerlo. Ya sabes que no quiero relaciones serias, y como has esperado tanto tiempo... lo comprendo.

–No estoy disgustada por eso.

–¿Qué es lo que te preocupa entonces? –estaban tumbados el uno cara al otro–. Tienes los ojos de haber llorado.

–No por ti –contestó ella.

–Bien. Toma esto –Luca se metió la mano en el bolsillo, sacó una caja negra y se la dio–. Póntelos. Si saliéramos juntos, te habría hecho regalos.

–¡Dios mío! –Emma contempló boquiabierta los pendientes, los dos enormes brillantes en forma de lágrima lanzaban destellos–. Parecen auténticos.

–Son auténticos –respondió Luca con una sonrisa burlona.

–En ese caso, será mejor que no los pierda –Emma trató de darle tan poca importancia como él, pero le resultaba extraño tener en las manos el regalo, estar tumbada a su lado y, sobre todo, no imaginar que aquello era...

De verdad.

Luca se alegraba de que Emma estuviera allí con él. Cerró los ojos...

Sintió la tensión agarrársele al estómago, la tensión que siempre sentía cuando volvía al hogar paterno, el miedo que siempre había sentido al salir del internado y volver a casa por vacaciones.

El mismo temor de todas las noches cuando era pequeño.

Luca respiró profundamente. El sudor le bañaba la frente. Necesitaba tragar.

Su padre estaba viejo, débil y moribundo. Ya no había por qué temerle.

Y entonces lo vio.

Intentó borrar la imagen de su mente, pero el puño de su padre estaba ahí, en el rostro de su madre. La imagen era tan violenta y tan real que le hizo sobresaltarse.

–Luca... –murmuró Emma.

Emma estaba casi dormida, lo notó en su voz y en el hecho de que Emma le dio la mano, cosa que no habría hecho de estar despierta.

Le pareció una debilidad aceptarla.

Pero le ayudó. Realmente le ayudó.

Capítulo 8

BIENVENIDA a nuestra casa.
Después de aterrizar en Palermo, habían ido en helicóptero hasta el pequeño pueblo costero, y mirase a donde mirase la vista era espectacular. Casas en laderas de montañas mirando al mar, y la de la familia de Luca era la más bonita; a la casa original se le habían añadido unos anexos y todas las habitaciones tenían una vista del mar espectacular.

El recibimiento de la madre de Luca fue cálido y efusivo, la abrazó y la besó en las dos mejillas y luego la llevó a una terraza grande que recorría la fachada de la casa mientras hablaba en una mezcla de inglés e italiano.

–¡Luca! –el deleite de Daniela al ver a su hermano era visible.

Cuando Luca hizo las presentaciones, Daniela la observó con la misma mirada azul que su hermano, pero era una mirada reservada; no obstante, habló con ella cariñosamente y en un inglés perfecto antes de marcharse de vuelta a su habitación para seguir con los preparativos del gran día.

–*Dove Pa*? –preguntó Luca.

–*Dorme* –dijo Mia, y luego hizo la traducción–. Está durmiendo... ¡Oh!

Mia sonrió al ver a su marido aparecer en ese momento. Alto y delgado, con sus cabellos negros salpicados de gris, debía de haber sido muy guapo de joven.

–¡Luca! –Rico abrazó a su hijo y le besó en la mejilla. Luca le devolvió el abrazo, pero Emma sintió la tensión–. *Comesta*?

–Ésta es Emma –dijo Luca.

A pesar de su fragilidad, le estrechó la mano con firmeza al tiempo que la besaba en ambas mejillas y le daba la bienvenida.

–Luca está disgustado –explicó Mia a Emma mientras ésta la ayudaba a preparar café en la cocina–. No es fácil para él ver a su padre tan enfermo. Hace ya casi un año que Luca no venía por aquí, le resulta duro ver los cambios.

–Sí, claro –respondió Emma educadamente mientras preparaba las diminutas tazas con los platillos.

Hubo mucho ajetreo en la casa. Las bebidas y los aperitivos no sólo eran para Luca y Emma, sino también para los numerosos invitados que se pasaron por allí para conocer a la novia de Luca y para desearle todo lo mejor a Daniela antes del gran día. Y Luca notó el cansancio en el rostro de Emma según transcurría la tarde, y se sintió orgulloso de ella, orgulloso de lo fácil que le estaba haciendo la visita a su familia, y quiso hacérselo fácil a ella también.

–He pensado en llevar a Emma a cenar por ahí. Estáis muy ocupadas y...

Mia protestó, por supuesto, pero no demasiado. Rico estaba cansado y quería acostarse. Daniela, en su cuarto, pidió ayuda. La típica familia dos días antes de una boda y, por agradable que hubiera sido el tiempo que había pasado allí, no le vendría mal salir un rato.

Recorrieron el pueblo a pie, el aroma del mar lo impregnaba todo, y Luca la llevó a un restaurante de la localidad. El restaurante ganaba en comparación con todos los que había visitado. La pasta era excelente, el vino sensacional, y cenaron fuera, respirando la fragancia del aire. Aunque habían cenado juntos en numerosas ocasiones, tanto en Londres como en el extranjero, aquello no se parecía en nada a una cena de trabajo porque no lo era.

Los ojos de Emma se le antojaron enormes, su risa era contagiosa, y por primera vez en su lugar de nacimiento, Luca se relajó... hasta que la conversación adquirió un tono personal.

–Así que trajiste aquí a Martha... –Emma prefirió beber un sorbo de vino a mirarle.

–Fue una mala idea –admitió Luca por fin–. Martha me aseguró que venir aquí no cambiaría nada.

–¿Y cambiaron las cosas?

–Mi familia creyó que íbamos en serio y... Martha acabó creyéndolo también.

–¿Tan imposible es? –Emma parpadeó–. Hablas como si no tuvieras intención de casarte nunca.

–Así es. Me aburriría, me sentiría atado... Prefiero divertirme –Luca sonrió–. Los hombres italianos mejoran con los años, así que no creo que me falte compañía.

Era una respuesta honesta. ¿Por qué le dolía tanto?

–Me sorprende que no hayas construido un hotel aquí, ya que no te gusta estar en la casa de tu familia –Emma se negó a sentirse abatida.

–Destruiría este lugar. Cerca hay unos manantiales, por lo que sería un paraíso para los turistas, pero... No –Luca sacudió la cabeza. No quería ir allí más de lo estrictamente necesario y no quería seguir hablando de su familia, por lo que pasó a traducirle el menú de los postres–. Hay tiramisú o tiramisú con nata...

Le gustaba la risa de Emma, le gustaba que no rechazara el postre y que lo quisiera con nata, y le encantaban las mujeres que disfrutaban la comida.

–Hacen tiramisú una vez a la semana, y cada día le añaden un poco más de licor; así, cuando llega el viernes, el tiramisú ha alcanzado la perfección –le explicó él.

–En ese caso, me alegro de que sea viernes –Emma sonrió.

Emma había tomado tiramisú muchas veces; pero cuando se llevó aquél a la boca, se dio cuenta de que, realmente, nunca antes había tomado tiramisú.

–Es maravilloso –Emma cerró los ojos y disfrutó el momento.

«Igual que tú», pensó Luca observándola.

Emma notó los ojos de Luca en ella. Aunque no fuera de verdad, estaba encantada de estar lejos, de olvidar, de cumplir veinticinco años ese día y de haber salido a cenar con el hombre más atractivo del mundo.

Luca pagó la cuenta y emprendieron el camino de vuelta, eligiendo la ruta arenosa. Emma se quitó las sandalias y se sintió a un millón de kilómetros de Londres, de todo, y sus pies se hundieron en la húmeda arena y el agua del mar bañó sus tobillos.

–No comprendo cómo soportas estar lejos de aquí –murmuró ella.

–Uno acaba cansándose de las vistas –dijo Luca–, por bonitas que sean.

–Me refiero a tu familia.

–Ya conoces mis horarios. Llamo por teléfono, envío dinero y vengo cuando puedo –sabía que era una excusa muy pobre y que ella le consideraba un egoísta, pero le daba igual–. Además, no es sólo la vista de lo que uno se cansa, sino del sitio, de la gente, de las reglas...

–¿Las reglas?

–«La familia». Las apariencias lo son todo. Por eso he venido y lo sabes. ¿Qué pensaría la gente si el hermano, el único hijo varón de la familia, sólo viniera unas horas a la boda? Ésa es la clase de pregunta que uno oye aquí toda la vida. Se pasan la vida pensando en lo que la gente piensa de ellos. Les avergüenza que su único hijo no se haya casado todavía. Cada vez que vengo me hacen las mismas preguntas...

–¿Y eso es lo único por lo que no vienes? –Emma no le creía–. ¿Por unas cuantas preguntas?

–Emma, tú has visto a un hombre débil a punto de morir. Y los del pueblo ven al patriarca de la familia D'Amato a las puertas del fin de una buena y noble vida...

–¿Y qué es lo que ves tú, Luca? –preguntó ella con voz queda.

–El miedo de mi madre. Cómo, a pesar de que mi padre apenas puede andar, ella sigue sobresaltándose cuando mi padre aparece, cómo sigue riéndole las gracias con estridencia...

–¿Era violento con ella?

–Un poco –Luca volvió a subir la guardia–. Sin embargo, está débil y muy enfermo, ya no hay nada que temer.

–¿Es por eso por lo que no vienes?

Luca se encogió de hombros, quizá algo avergonzado por haber hablado tanto.

–Al parecer, debería haberme casado con alguna dulce virgen y haber tenido ya varios hijos, tanto si me gusta como si no.

–Pero no lo has hecho –observó Emma.

–Porque ya no quedan vírgenes; al menos, no guapas –Luca sonrió por su propia broma y entonces, avergonzado, se acordó–. ¡Emma, lo siento! Se me había olvidado, ¿de acuerdo?

–Déjalo –respondió ella al borde de las lágrimas.

–Eh –Luca la hizo detenerse, la agarró de un brazo y la obligó a volverse hacia él–. Siento haberte ofendido. Es que jamás hubiera creído que...

–¡No, claro que no! –dijo ella furiosa.

–Tú no eres fea... eres preciosa. Y el tipo que te

conquiste será un hombre muy afortunado –los enormes ojos verdes de Emma se clavaron en él–. Lo que pasa es que no creo que ése sea yo...

–¿Aunque yo quisiera que lo fueras?

–Emma...

Reemprendieron el camino en silencio y fue Luca quien, por fin, lo rompió.

–Venga, volvamos a casa. Le enviaré un mensaje a mi madre por el móvil para decirle que ya vamos.

A Emma le pareció extraño que un hombre de treinta y cuatro años hiciera eso, pero estaba disgustada por el rumbo que estaban tomando los acontecimientos y no le prestó más atención; sobre todo, cuando entraron en una casa toda a oscuras.

–Deben de haberse ido a la cama –dijo Luca.

Y entonces, las luces se encendieron.

–¡Sorpresa! –Emma vio a Luca sonriendo por su perplejidad entre gritos de «feliz cumpleaños» y «*tanti auguiri*». Y entonces lo comprendió.

Luca no podía saber lo mucho que aquello significaba para ella, lo emocionada que estaba, porque había regalos envueltos en bonitos papeles y una mesa preparada con copas y licores; y en el centro, una tarta.

Su primera tarta de cumpleaños, su primera fiesta de cumpleaños... al menos, la primera desde que tenía uso de razón.

–Siento que Rico no esté, pero se encontraba muy cansado –se disculpó Mia.

Y Emma comprobó que el ambiente, sin Rico, era más relajado.

–Luca no me lo dijo hasta ayer, así que no me ha dado tiempo a encargar una tarta... y... –Mia se interrumpió.

–¿Ayer? –Emma volvió la cabeza hacia él. Luca sabía que era su cumpleaños antes de que ella se lo dijera y se había tomado la molestia de llamar para que prepararan todo aquello para ella...

–¿En serio creías que iba a olvidar que era tu cumpleaños?

Emma abrió los regalos. Primero, un camisón de encaje blanco de Mia «para el ajuar», insinuó. Lociones para el cuerpo y un perfume de Daniela. De Luca recibió una pulsera de plata con un colgante, el horóscopo de Virgo con un brillante incrustado.

Luca le dio un beso en la boca y ella pensó que estaba representando el papel de novio de forma muy convincente.

Una tarta, regalos y el cariño, por parte de Mia, que su madre le había negado. Y lejos de su hogar y con una gente que no conocía. Y despertaron en ella unos sentimientos en los que no quiso ahondar, por lo que plantó una sonrisa en su rostro y continuó con la celebración.

Pero Luca notó su angustia.

–Bueno, es hora de acostarse ya... –anunció Luca.

Y hubo una interminable ronda de besos y buenas noches, por lo que en vez de estar nerviosa ante la idea de ir al dormitorio de él se sintió aliviada.

Aliviada cuando Luca cerró la puerta y se encontraron allí los dos solos.

–¿Qué es lo que te pasa, Emma? –esa vez, Luca estaba decidido a obtener una respuesta.

Y entonces el teléfono sonó.

–¡Feliz cumpleaños, hija!

–¡Papá! –no podía creerlo. Ni por un momento se le había pasado por la cabeza que su padre se hubiera acordado de su cumpleaños.

–Me han dejado ir al despacho de la enfermera para llamarte. Te quiero, hija. Feliz cumpleaños.

–Era mi padre –le dijo a Luca cuando colgó–. No sé lo que los de la residencia nos van a cobrar por la conferencia a Italia...

Luca frunció el ceño.

–Pero ha merecido la pena, ¿no?

–Sí –Emma se sentó en el borde de la cama y se cubrió el rostro con las manos–. He descubierto una cosa... sobre ella.

Le había costado admitirlo por fin.

–¿Te refieres a tu madre?

Pero Emma no podía hablar. Las lágrimas que llevaba toda la vida conteniendo empezaron a resbalar por sus mejillas.

–Siempre he creído que, cuando murió en el accidente de coche, había salido de casa, que no quería abandonarnos.

Luca se dio cuenta de que, en esos momentos, era mejor no preguntar.

–Anoche mi padre me dijo una cosa y yo llamé a mi hermano para preguntarle. No debería importarme... –dijo, haciéndose eco de lo que su hermano le había dicho. Pero no funcionó–. Mi madre nos había abandonado un mes antes del accidente. ¡Al parecer, para encontrarse a sí misma! No sé qué sentir, no sé quién era mi madre realmente. Nos abandonó...

–Emma, puedes seguir queriéndola. Quién sabe lo que habría pasado de no haber fallecido. Podría haber vuelto a casa, podría haber ido a por ti...

¿De qué serviría intentar explicárselo a Luca? Por eso, decidió ir al cuarto de baño; allí, se lavó los dientes y se puso el pijama.

Y cuando Emma regresó a la habitación, parecía tan joven y tan vulnerable que a Luca no le quedó ninguna duda.

Nada de sexo.

Emma estaba demasiado vulnerable y emocional en esos momentos. Dejar que se enamorase de él para luego abandonarla... no, no podía hacerle eso a Emma.

Luca estaba tumbado bocarriba mirando al techo cuando ella se acostó a su lado.

Luca odiaba aquella casa. Quería refugiarse en el sexo, quería olvidarlo todo excepto el olor y el sabor de ella. La oyó llorar. Detestaba las lágrimas, pero no podía ignorar las de Emma, no tenía escapatoria.

–Emma, ¿quieres hablar? –preguntó él en la oscuridad.

–No –estaba harta de hablar, harta de pensar, y ahora no podía dejar de llorar.

Luca le puso una mano en el hombro. ¿Era eso lo que se suponía que debía hacer? Se encontraba muy incómodo.

Emma no podía dejar de pensar en la traición de su madre. Y, para colmo, estaba en un país extranjero, en una cama extraña, con un playboy.

De hecho, sintió pena por él.

En ese momento, Luca la hizo volverse de cara a él.

–¡Emma, deja de llorar!

–¡No puedo! –era como un ataque de pánico, como si se estuviera ahogando.

Y Luca la besó entonces. Con la boca, con la lengua, transformó su sufrimiento en placer.

Pero Luca se detuvo.

–Lo siento –susurró él.

Emma no lo sentía. La habitación, de repente, se le antojó demasiado pequeña; la cama también era excesivamente pequeña y sus emociones muy grandes. No podía pensar, no podía soportar pensar, por eso le besó. Pegó su rostro al de él y le besó con pasión, abriéndole los labios con la lengua. Mejor ahora, mejor con ese playboy...

–¡Eh! –Luca le bajó las manos, que las tenía entrelazadas en su cuello, y sacudió la cabeza.

–¿Te sientes utilizado? –preguntó ella.

–No es cuestión de lo que yo siento. Pero creo que no sabes lo que estás haciendo.

–Quiero esto, Luca –sí, quería consuelo, le deseaba a él.

–Y yo no quiero remordimientos luego...

–No los tendré –Emma le miró fijamente a los ojos–. No me arrepentiré, Luca. Quiero esto.

Y era verdad.

–Quiero esto –repitió. Era de lo que estaba segura–. Ya sé que no va a conducir a ninguna parte, sé que no es lo que quieres de mí...

Luca se la quedó mirando y, de repente, él también lo quería.

–Un momento –Luca se levantó para ir al cuarto de baño, a por el neceser donde tenía los preservativos; pero ella le agarró por el brazo.

–Estoy tomando la píldora.

Luca lanzó una maldición en italiano.

–Emma... –la inocencia de ella le preocupaba. Y le preocupaba ser él quien le quitara la virginidad para que otros la disfrutaran–. No es sólo por la posibilidad de embarazo, es...

–¿Siempre te pones un preservativo?

–Siempre –respondió Luca.

Emma le estaba ofreciendo acceso libre y, sin embargo, él tenía dudas, semejante intimidad le resultaba extraña.

El beso fue titubeante, ambos contenían sus emociones, ambos se negaban a entregarse por completo al disfrute del otro.

–Será mejor que nos quitemos esto –casi con timidez, Luca le desabrochó la chaqueta del pijama, después se quitó él la ropa interior y, a continuación, le quitó a Emma los pantalones del pijama.

Verle desnudo no ayudó a tranquilizar sus nervios. No tenía con quién compararle, pero sabía que Luca era espectacular.

–¿No deberíamos poner una toalla en la cama? –preguntó ella.

Luca se sintió como un cirujano a punto de operar.

–Tengo un poco de miedo –admitió Emma–. No me siento mal, pero...

–A mí me pasa lo mismo –Luca sonrió traviesamente con los ojos fijos en la escasa reacción de su miembro, y entonces se echó a reír porque era extraño hablar de ello, del sexo, que ocurría de por sí, sin más. Y se dio cuenta de que tenía que ser bueno... por ella.

Volvió la cabeza y la miró sintiendo una extraña responsabilidad, porque quería que Emma disfrutara. El último beso había sido tímido, por lo que le acarició las mejillas, los brazos, y se quedó mirando a los llenos senos que esperaban ser besados. Le cubrió una encantadora nalga con la mano y ella pudo sentir la húmeda calidez de su boca en los pechos, la ternura con que le chupó los pezones, y sintió calor en el vientre. Y ella también le acarició, sorprendida por la creciente longitud del miembro contra su muslo. Nerviosa, curiosa y valiente, bajó la mano y le tocó, y Luca cerró los ojos.

–¿Es esto normal?

Luca no podía hablar, por lo que se limitó a asentir y a besarla; esa vez, el beso no fue tímido, sino tierno y lento, un beso que conducía a más. Y llevó la mano al lugar más íntimo del cuerpo de Emma, cálido y húmedo. La acarició ahí hasta que la oyó gemir involuntariamente; entonces, le introdujo los dedos, metiéndolos y sacándolos hasta hacerla estremecerse y gemir en sus brazos.

Para Emma era el paraíso, sobrepasaba sus sueños y no se parecía en nada a lo que había leído, nada de dolor, sólo placer mientras él obraba magia...

De repente, sintió la necesidad de un mayor contacto y, como si él le hubiera leído el pensamiento, la empujó con el cuerpo hasta tumbarla y la besó, no sólo con la boca, sino también con la piel, todo él aplastándola contra la cama, deleitándola. Entonces, Luca se incorporó apoyándose en los codos y ella abrió las piernas para permitirle la entrada. Ya no estaba asustada, estaba preparada.

Nunca había estado tan preparada para nada.

Luca la miraba con sorprendente ternura en los ojos, una ternura que ella jamás había visto. Y sintió como si fueran a iniciar algo juntos, como si estuvieran a punto de ir juntos a alguna parte. Y en ese momento le dejó entrar y pudo sentir las primeras y lentas arremetidas, sintió su cuerpo tensarse, y la barrera de resistencia, y se dijo a sí misma una y otra vez que tenía que acordarse de no enamorarse de él.

Le dolió y, al momento, el dolor desapareció, y lo que ganó compensó lo que había perdido.

Sentía calor en el vientre y entre las piernas. No podía mantener los ojos abiertos, estaba perdida con él en la oscuridad...

Luca se estaba moviendo con más dureza y, sin embargo, le sintió contenerse, pero no tenía necesidad de hacerlo. Le pasó las manos por la espalda, le agarró las nalgas y tiró de él hacia sí, y Luca jamás se había sentido tan cerca de nadie, tan cerca de sí mismo, como en ese momento. Emma estaba llorando y él la besó, le lamió las lágrimas y sintió la contracción de ella, urgiéndole. Profundizó la penetración, sintiéndola como nunca había sentido a otra mujer, las primeras palpitaciones de su orgasmo como las primeras gotas de una tormenta. Sintió la boca de ella en su pecho y sus gemidos de éxtasis le llegaron al corazón. Ella estaba en medio del clímax y ahora él también podía, y se vació dentro de ella mientras los espasmos la sacudían y tiraban de él hacia dentro.

Luca quería permanecer en ese lugar con ella durante el resto de su vida. Entonces hizo algo que no había hecho jamás: saciado, repleto y completamente agotado, la miró, bajó la cabeza y la besó.

Capítulo 9

EMMA no sabía cómo se sentía cuando se despertó a la mañana siguiente, sola.

Todos se habían levantado, podía oír sus voces y los ruidos de la actividad del día antes de la boda. Se reuniría con ellos pronto, se ducharía y bajaría para representar el papel de novia de Luca y ayudar con los preparativos... pero todavía no.

Estaba en la cama, desnuda bajo la sábana, con el cuerpo sensible y la mente sorprendentemente tranquila, aceptando lo inevitable.

Al haber hecho el amor con Luca, la cuenta atrás había comenzado.

Lo había visto muchas veces: con su padre, con sus hermanos y ahora con Luca.

La intriga de la caza, el entusiasmo de la captura, la intensa pasión de una nueva relación; y después, siempre, la retirada.

Al verle entrar en la habitación con una bandeja en las manos, mirándola y sonriendo, había casi miedo en la mirada que le devolvió, porque no había esperado el efecto que le produjo.

Luca iba vestido con pantalones vaqueros y nada más. Descalzo y con el torso desnudo, cruzó la habitación hasta llegar a ella, y era un Luca que nunca había visto.

Era un Luca sin afeitar, con el pelo mojado después de la ducha, el que se agachó a su lado. Entonces, Luca levantó la cafetera de la bandeja y la puso en la mesilla antes de dejar la bandeja sobre sus piernas. Parecía más joven, menos serio y peligrosamente bello.

—Es un caos ahí abajo —Luca señaló la puerta—. Será mejor que nos quedemos aquí escondidos durante un par de horas.

—¿No debería bajar a ayudar? —preguntó Emma al tiempo que extendía el brazo para agarrar la cafetera, pero Luca se le adelantó.

—Déjalo, yo serviré el café —dijo Luca antes de contestar a su pregunta—. No, como acabo de decirle a mi madre, sólo estorbaríamos.

Pero ella no le estaba escuchando, estaba contemplando la taza de café. Parecía un gesto sin importancia, pero para ella tenía un gran significado.

Luca le había llevado el desayuno a la cama.

Le asustó lo agradable que era que alguien tuviera semejante atención con ella, a pesar de tratarse de tan poca cosa.

—Esto son *pizelles*. Son como tortitas... —untó una con miel y se la dio.

Después, se tumbó en la cama, a su lado, apoyándose en un brazo y sujetando una taza de café con la otra mano, mirándola intensamente, buscando en su rostro la huella del remordimiento.

—¿Cómo te encuentras? —preguntó Luca por fin.

–Bien –respondió ella con la boca llena de *pizelle*.

–¿Sientes lo que ha pasado?

–No. ¿Y tú?

–No... siempre y cuando tú estés bien.

–Se supone que la primera vez es horrible –murmuró ella traviesamente.

–¿Y eso quién lo dice? –preguntó Luca, indignado.

–Lo he leído en una revista.

Luca alzó los ojos al cielo.

–¡Si eso ha sido horrible... estoy deseando ver qué pasa cuando es sólo malo! –Emma se rió.

–Cielo, tira las revistas a la basura –Luca le quitó la taza de café y la *pizelle* y se puso sobre ella en la cama–. Voy a enseñarte todo lo que sé.

Era un Luca muy diferente, pensó mirándole. Más despreocupado, más divertido, incluso más atractivo... si eso era posible.

Desayunaron y se disfrutaron el uno al otro, y luego se marcharon de aquella caótica casa y se fueron de picnic a la playa.

Esa vez, Emma no se apartó para hablar con su padre por teléfono, lo hizo allí sentada en la manta y se rió y le escuchó, y le resultó mucho más fácil con Luca tumbado a su lado.

–Yo me encargaré de las deudas con la residencia –dijo Luca cuando ella apagó el móvil.

Emma se volvió hacia él, atónita.

–¿Cómo te has enterado?

–Leí la carta que te dieron los de la residencia –admitió Luca sin avergonzarse.

–¡Qué descaro!

Emma estaba furiosa y avergonzada... y entonces Luca la besó.

–Arreglado –dijo Luca, capturándole la mirada–. Tú me has ayudado a mí y ahora me toca ayudarte a ti. Insisto.

Quizá para él no tuviera importancia, pero para ella sí.

Seis meses de angustia desaparecieron de repente, sintió entusiasmo mientras corrían por la playa al comenzar la tarde, estaba feliz de formar parte de una pareja, de tener alguien en quien apoyarse, de que se ayudaran mutuamente.

Y Emma hizo una tontería.

Cuando Luca la besó en el mar, con las olas acariciándole el cuerpo y la lengua de él dentro de su boca, comenzó a soñar.

Comenzó a albergar esperanzas.

Su piel había adquirido brillo tras el día en la playa y, la mañana del día de la boda, Emma se pasó un aceite por el cuerpo, contenta de la tranquilidad que disfrutaba y de la oportunidad de disponer de tiempo para arreglarse, sin Luca metiéndole prisa y diciéndole que estaba bien como estaba y que acabara ya.

Como Rico se encontraba muy débil, Luca estaba sustituyéndole en sus deberes, por eso Emma tuvo tiempo de arreglarse bien el cabello y los resultados le complacieron.

El caluroso septiembre la hizo desistir de ponerse maquillaje, por lo que se dio una sombra plateada en los párpados, rímel, un poco de colorete y carmín de labios.

El vestido gris plateado que se había comprado para la boda a primera vista parecía soso y algo corto, pero la dependienta le había asegurado que le quedaría maravilloso con los zapatos y el maquillaje apropiados.

Y no le había engañado.

El vestido tenía un corte excelente que transformaba en voluptuosas curvas las partes de su cuerpo que más odiaba.

Al mirarse al espejo se sorprendió de lo que vio. Era como si hubiera madurado en dos días, como si se hubiera transformado de chica en mujer, y se dio cuenta de que eso tenía mucho que ver con el hombre que en ese momento estaba entrando en la habitación.

–Tengo que cambiarme... –Luca se interrumpió cuando Emma se volvió de cara a él, y de repente sintió que entrar en su habitación y encontrarla allí era como entrar en un paraíso de paz dentro de una casa de locos.

Reconocía lo que Emma había hecho aquella mañana, respetando que estuviera ocupado, sin exigirle nada y encargándose de sus cosas sin protestas, únicamente esa encantadora sonrisa y ahora ese recibimiento. Y aunque la había visto vestida formalmente cuando la ocasión lo requería, esa vez era distinto: una boda, un asunto de familia...

Los brillantes que le había regalado brillaban

tanto como sus ojos, y vislumbró ligeramente la posibilidad de cómo podía ser la vida si no hubiera tomado las decisiones que había tomado.

De cómo podía ser la vida con ella.

–Tenemos que marcharnos en diez minutos –dijo él con la voz enronquecida por la emoción contenida.

Luca ya se había afeitado y se había duchado, por lo que sólo tuvo que ponerse el oscuro traje y la corbata gris metálico que habían elegido para los hombres de la boda; mejor dicho, que Emma había elegido. Se había negado completamente a considerar ponerse las horrorosas monstruosidades color granate que, según su hermana, harían juego con los vestidos de las damas de honor de la boda. Y Emma había encontrado la corbata perfecta.

No una corbata, sino la perfecta.

Se peinó y se echó agua de colonia. Se llenó los bolsillos con unos sobres para el cura y los anillos, y cuando logró pensar más racionalmente, dijo:

–Estás encantadora.

–Gracias –Emma sonrió brevemente, preocupada por el tono inseguro de él, creyendo que, en realidad, Luca pensaba que estaba horrible.

–Voy a estar muy ocupado hoy con la familia y demás. Con mi padre enfermo, me toca a mí el deber de...

–No te preocupes, no hay problema.

Emma sonrió, metió unos pañuelos de celulosa en su bolso y el perfume, igual que había hecho la última vez que salieron juntos. Notaba esas cosas, pensó Luca, esos pequeños detalles que la hacían ser Emma. Su perfume le alcanzó... y toda ella.

¡Cómo no iba a besarla!

Bajó la cabeza y encontró esos suculentos labios, presionó un poco y sintió el hormigueo de algo dulce y bueno.

Sólo sus labios entraron en contacto, rozándose apenas, apenas moviéndose. Y fue un beso como ningún otro, la ternura de Luca la hizo sentirse hermosa, deseada y, en cierta forma, algo triste también.

–Haces que me sienta mucho mejor aquí.

Emma no sabía por qué algo tan bonito hacía que le dieran ganas de llorar.

–Podría ser siempre –Emma se había pasado de la raya y lo sabía. Había hecho una insinuación respecto al futuro.

Luca se puso tenso al instante y ella dejó de sentir su aliento en la mejilla. Se ignoró lo que acababa de decir, pero quedó en el aire.

–Tenemos que irnos.

Fue una ceremonia maravillosa.

–¡Estos dos van a ser los próximos! –bromeó Mia de la mano de su marido, riendo y charlando con sus parientes al salir de la iglesia.

–¿Cuándo? –los ojos de Rico se clavaron en su hijo.

–Vamos a dejarlo, papá –respondió Luca, pero Rico se negó.

–¿Qué va a pasar con el apellido D'Amato? –insistió.

–¡Pronto, Rico! –interpuso Mia–. Estoy segura de que será pronto.

Rinaldo, el hermano de Rico, intervino entonces, diluyendo ese momento embarazoso.

–Ahora la gente se casa mucho más tarde –le dio un apretón en la cintura a su esposa y un sonoro beso en la mejilla–. Pero yo de eso nada, no iba a dejar que te me escaparas.

Cuando Rico estaba saludando a otros invitados y Rinaldo y su esposa se alejaron, Mia censuró en italiano a su hijo por estar tan serio; después, le dio a Emma la versión reducida en inglés.

–Luca quería mucho a Zia Maria, la primera esposa de Rinaldo –le explicó, y luego miró a Luca–. No es posible que pensaras que se iba a quedar solo.

–No esperó ni un año siquiera –contestó Luca con frialdad.

–Luca, aquí no –rogó Mia, y entonces se volvió a Emma–. Ven, voy a presentarte a mi hermana.

Emma, entre charlas con las tías y felicitaciones a Daniela, perdió a Luca. Lo volvió a encontrar detrás de la iglesia, cuando los novios estaban empezando a hacerse fotos con los familiares, caminando entre las tumbas con la espalda rígida, casi como si estuviera en un funeral en vez de en una boda.

–Te estaban buscando para las fotos –dijo ella con voz suave, clavando los ojos en la inscripción que Luca estaba leyendo en una tumba.

–Mi abuela –aclaró Luca.

–Murió muy joven –comentó Emma, leyendo la inscripción.

–Me acuerdo de ella muy poco –Luca se encogió de hombros–. Y ésa es Zia Maria. De ella sí me acuerdo.

Emma se pasó la lengua por los labios al ver lo joven que era también la tía de Luca cuando murió.

–La primera mujer de Rinaldo...

–Era una mujer encantadora –dijo Luca con ternura en la voz.

–Comprendo lo que has dicho de Rinaldo, eso de que ni siquiera esperó un año para casarse otra vez –Luca cerró los ojos con gesto de que ella no podía comprenderlo, pero sí que lo comprendía–. Yo no soportaba la cantidad de novias que tenía mi padre. Ahora sé que mi madre le abandonó, pero él empezó a salir con otras mujeres al poco tiempo de que ella...

–En fin, dejémoslo.

Y Emma así lo hizo, porque realmente no era el momento apropiado.

–Deberíamos volver con los demás –dijo ella.

Emma se volvió, pero Luca seguía plantado delante de la tumba de su tía, y pensó que debía de resultarle doloroso saber que en cuestión de días o semanas tendría que volver allí para enterrar a su padre. Sin embargo, no comprendía qué hacía Luca allí en esos momentos, cuando debería estar celebrando contento lo boda de su hermana y olvidarse de todo lo demás.

–Luca...

–Ve tú. Yo iré enseguida.

–Luca, es la boda de tu hermana, tu familia te está esperando para las fotos. ¿No deberías olvidarte de lo demás? –preguntó ella con vacilación.

–Yo jamás olvido –fue una declaración y la hizo mirándola a los ojos, pero sin el cariño y la ternura de por la mañana. No, no había cariño ninguno en él en esos momentos–. Vamos, tenemos trabajo.

Y con esa pequeña frase, Luca la puso en su lugar. Para él, aquél era un fin de semana más que iba a pasar fuera, un trato con ella, un pacto, una ayuda que ella había aceptado prestarle. Era ella quien lo había olvidado, pero Luca no.

Al reunirse con el resto de la familia, de la mano de Luca, a Emma le costó sonreír más que nunca.

Capítulo 10

HABÍA sido un día agotador, propio de cualquier boda.

Rico consiguió aguantar hasta después de la cena e incluso bailó con su hija. A continuación, visiblemente incapaz de seguir participando en los festejos, se sentó a descansar y Luca ocupó su lugar.

En un momento en el que Emma se le acercó, alguien le dio una palmada a Luca en la espalda y le felicitó por la mujer que había elegido.

–El apellido D'Amato continuará –declaró el tío Rinaldo–. *Salute*!

Pero había algo en el ambiente...

Algo que lo empañaba todo mientras se despedían de los novios y conducían a los padres de Luca al coche para que les llevara a casa mientras ellos se quedaban para despedir a los últimos invitados.

Algo que continuó acompañándoles cuando entraron en la casa a oscuras.

Luca se metió en la cama a su lado.

Un grito hizo que, alarmada, Emma abriera los ojos e hiciera ademán de ir a ver qué pasaba, pero Luca le agarró la muñeca.

–Es mi padre gritando para que le den un calmante.

Pero Emma sintió la tensión de él...

¿Había sido así también cuando Luca era pequeño?

–Luca... ¿tan mala fue tu infancia?

–Déjalo, Emma.

–Sabes que puedes contármelo.

–No quiero hacerlo.

Emma supuso que Luca se iba a dar media vuelta, de espaldas a ella, y así zanjar la cuestión. Sin embargo, Luca se puso de cara a ella.

–Emma, por favor...

Y entonces se le acercó y la besó. Fue un beso frenético y apasionado que provocó una respuesta instantánea. Habían hecho el amor una y otra vez; pero esa vez, no fue con la misma ternura. No, esa vez le reveló una nueva y excitante faceta. La besó con pasión y ardor, y ella respondió con la misma pasión. Luca la aplastó con su cuerpo y ella le acarició con frenesí...

Emma separó las piernas, anhelando el primer envite con el deseo de una adicta. Y cuando le sintió dentro, no le satisfizo, quería más y más... hasta que se vio arrollada por un ciclón mientras Luca la besaba y repetía su nombre una y otra vez.

Hasta ahora, sus orgasmos habían sido provocados con lentitud. Pero esa noche, se vio atrapada en un remolino de sensaciones que se hizo eco del deseo de Luca.

Las sacudidas de Luca dentro de su cuerpo acompañaron a los estremecimientos de ella y la intensidad del orgasmo la dejó sumida en la perplejidad.

Durmieron juntos, la tercera noche. Y esa vez durmieron juntos de verdad, abrazados el uno al otro.

A la mañana siguiente, Luca no se limitó a mirar a su madre.

Jamás había podido aceptar el café que ella le daba sin preguntarse si la había hecho daño.

La examinaba siempre.

Y a pesar de los años, Luca seguía haciéndolo porque para él era tan natural como el respirar.

—¿Cómo estaba anoche? —preguntó él, y enseguida notó la tensión de su madre.

—Estuvo todo estupendo —respondió ella evasivamente.

—Me refería a qué tal cuando volvisteis a casa. ¿Cómo estaba papá?

—Cansado —respondió Mia brevemente—. ¿Dónde está Emma?

—Durmiendo todavía.

Al levantarse, Emma se había movido y él la había besado y le había dicho que siguiera durmiendo; después, se la había quedado observando mientras dormía. Joven, inocente, confiada... No, no podía hacerle daño, no podía darle la mano y llevarla al infierno. Los cimientos de esa casa eran un sumidero, casi podía oler la porquería en la que se sustentaba mientras estaba allí sentado a la mesa acompañado de las mentiras de su madre.

–Ayer estuvo muy bien, incluso bailó con Daniela... Leo va a venir hoy por la mañana y también su enfermera, Rosa. Estoy un poco preocupada porque se ha pasado la noche tosiendo... Ayer fue un día agotador para él.

–Y para ti –observó Luca–. Anoche le oí gritar.

–Sólo grita, Luca, nada más –Mia cerró los ojos–. Está viejo, débil y cansado...

–Y sigue tratándote mal.

–Las palabras no me hacen daño, Luca –dijo Mia–, Por favor, deja las cosas como están. Me alegro de que estés aquí.

El café le supo amargo, las palabras de su madre le dejaron indefenso.

Una vez más.

–Déjale –Luca se puso en pie y miró a su madre a los ojos, aunque sabía que era inútil.

–¡No, no puedo abandonarle!

–Puedes... –se le quebró la voz y su madre se dio cuenta de que estaba al borde de las lágrimas. El sufrimiento, el miedo, la impotencia... el dolor que había sentido de pequeño seguía ahí con él–. Déjale, mamá.

–Está muriéndose, Luca. ¿Cómo voy a abandonar a un moribundo? ¿Qué pensaría la gente?

–¿Qué importa eso? –gritó Luca.

–¡Claro que importa! –Mia ahogó un sollozo–. Y él también importa. Está enfermo y asustado...

–¡No siempre estuvo enfermo! Y se le puede llevar a un hospital.

–Luca, por favor, dejemos esto.

Su madre no quería su ayuda, pero él no podía aceptarlo.

–Es un sinvergüenza y siempre lo ha sido –insistió Luca–. Y el hecho de que se esté muriendo no cambia nada.

–Es mi marido.

Esas tres palabras la habían condenado a una cadena perpetua de sufrimiento y dolor.

La vergüenza de abandonarle, el escándalo que hubiera acompañado a semejante acción por su parte y que la había hecho guardar silencio... y a él también.

A los doce años trató de intervenir y su padre le dio una paliza que le dejó a las puertas de la muerte. Y su madre siempre sollozando, siempre pidiéndole que ignorara lo que su padre hacía porque, de lo contrario, sólo conseguiría empeorar la situación.

Y él había esperado...

Hasta los dieciocho años, cuando era más alto y más fuerte. Y entonces una noche ocurrió lo inevitable, un chico de dieciocho años con el cuerpo de un hombre había intervenido.

Sin embargo, a la mañana siguiente, con las magulladuras y la sangre seca después de la pelea con su padre, algo dentro de él murió en el momento en que su madre entró a la cocina con hematomas en el rostro y en los brazos y un ojo morado. Pero lo peor fue su mirada, una mirada acusatoria, una mirada que le decía que había empeorado todo, que no la había ayudado en nada. Y fue esa mañana cuando su madre dijo lo que Luca llevaba toda la vida temiendo oír: «*Siete no migliore del vostro padre*». «No eres mejor que tu padre», le había dicho su madre. «Eres como temía que fueras, igual que él».

–No empeores las cosas, Luca –le dijo su madre ahora, arrastrándole del infierno del pasado al infierno del presente–. Tú no puedes hacer nada.

Su madre suspiró e intentó cambiar de conversación con una sonrisa cansada:

–Me alegro de que Emma haya venido. Es una chica estupenda, estoy muy contenta de veros tan bien. Pero, por favor, Luca, cuida de ella y no dejes que tu pasado... –las palabras se ahogaron en su garganta y él cerró los ojos–. Un día, pronto, te diré algo que tengo que decirte sobre tu pasado, tu historia...

Pero Luca ya sabía lo que quería decirle, lo había dilucidado.

Y ahora, esa mañana, un nuevo tormento al descubrir que su madre le creía capaz de la misma violencia que su padre, al descubrir que su madre temía por Emma.

–Hay cosas que tienes que saber, cosas a las que nos tenemos que enfrentar –añadió Mia.

No, si él podía evitarlo.

No, el apellido D'Amato, al contrario de lo que Rinaldo había dicho, no continuaría.

No si estaba en sus manos.

Él era el último D'Amato. Lo había jurado delante de la tumba de su tía Maria, esa noche a los dieciocho años. Había jurado que la dinastía D'Amato acabaría con él.

Si cerraba su corazón, si no se enamoraba nunca, jamás podría hacer sufrir a nadie.

Era así de sencillo.

Capítulo 11

EMMA se vistió con unos pantalones cortos, una camiseta blanca y unas sandalias, se maquilló ligeramente, se recogió el pelo en una cola de caballo y bajó a la cocina.

–Buenos días –Luca se levantó y le dio un beso; y evitando sus ojos, le presentó a un hombre imponente que estaba sentado a la mesa–. Éste es Leo, el doctor Calista. Ayer no pudo venir a la boda porque le llamaron para una urgencia. Y ésta es Rosa, la enfermera.

Rosa estaba delante de la encimera de la cocina preparando unas medicinas y, tras sonreírle a modo de saludo, volvió a su tarea. El doctor Leo Calista se mostró más formal que el resto de la gente a la que había conocido hasta el momento; en vez de besarla en las mejillas, se puso en pie y le dio la mano. A ella aquel rostro le resultó familiar y trató de acordarse de dónde le había visto antes.

–Hace poco estuve en el Reino Unido asistiendo a una conferencia –el médico sonrió al ver la confusión de ella–. Me pasé a ver a Luca para informarle sobre el estado de su padre...

–No, no le he visto en la oficina –Emma frunció

el ceño, segura de que de haber sido así se acordaría.

—Hemos hablado por teléfono.

Debía de ser eso.

—Bueno, encantada de conocerle.

—Lo mismo digo. ¡Y ahora casi eres de aquí! Me alegro de verte con Luca, bienvenida.

—Gracias.

Mia invitó al doctor Calista a desayunar, pero él rechazó la invitación y pidió ver a Rico.

—Parece muy agradable —comentó Emma cuando Mia, el médico y la enfermera salieron de la cocina.

—Es un buen médico. Es del pueblo, estudió Medicina en Roma y luego volvió, pero continúa estudiando e investigando para seguir al día. Siempre ha sido muy bueno con nuestra familia. Sus cuidados son los que han permitido que mi padre continúe en casa en vez de en el hospital.

—Eso debe de ser muy importante.

—Lo es para mi madre, pero yo creo que mi padre debería estar en el hospital ahora que la boda ya ha pasado. He hablado con Leo...

—¿Y qué ha dicho? —preguntó ella.

—Que no es asunto mío. Que mi padre quiere morir en casa y que mi madre quiere cuidarle.

—En ese caso, debes respetar sus deseos...

—No te creas con derecho a decirme cómo tengo que tratar con mi familia, Emma. Y no es necesario que finjas preocupación ahora que estamos solos.

—¿Que finja? —Emma no había sido testigo del

cambio de actitud de Luca, ella seguía en el ayer. Un ayer en el que Luca la había abrazado, la había besado, la había adorado...–. Ayer también estábamos solos en el dormitorio, pero eso no te impidió hacerme el amor.

–¿Hacerte el amor? –Luca la miró burlonamente–. ¿Por qué insisten las mujeres en llamarlo así?

Emma sintió las lágrimas agolparse tras sus ojos, pero se negó a llorar.

–Lo he llamado así porque me parece que eso era lo que estábamos haciendo, Luca.

–Sexo, eso es lo que fue. Y para eso te pago, Emma, será mejor que no lo olvides. Dime, ¿cuánto dinero se debe a la residencia donde está tu padre? –y con eso la silenció–. Vamos, dime, ¿cuánto dinero?

–Lo de anoche no fue una cuestión de dinero –protestó ella, porque la oferta de pagar las deudas a la residencia había sido después de acostarse con él.

Y en esos momentos le odió, le odió por lo que le estaba haciendo y no comprendía por qué lo hacía.

–¡Te odio! –gritó ella.

–Estupendo –dijo Luca con calma–. Ódiame, Emma. Es mucho mejor a que me ames, porque yo jamás te amaré, Emma. Te lo dije desde el principio. Te lo dejé muy claro. No te quejes ahora sólo porque te gusta el sexo.

En ese momento, el doctor Calista entró de nuevo en la cocina.

–Mi madre está agotada. ¿Cuánto tiempo más va

a tener que seguir cuidándole? ¿No te parece que deberías enviarle ya al hospital?

–Luca, estoy haciendo lo que puedo por respetar los deseos de tus padres.

–Querrás decir de mi padre, que es lo único que hace mi madre, respetar sus deseos –entonces, Luca se volvió a ella–. ¿Podrías dejarnos solos, por favor?

Cuando Emma les dejó solos, ambos hombres se miraron.

–No voy a marcharme hasta que mi padre no ingrese en el hospital –dijo Luca.

–En ese caso, vas a tener que esperar –dijo Leo con exasperación–. Luca, ¿qué es lo que pasa?

–Nada.

–Me preocupas, Luca.

–Preocúpate por mi madre.

–También lo hago –contestó Leo–. Y también por Emma.

–¿Por Emma? –preguntó Luca con incredulidad–, ¿por qué te preocupa Emma?

–Os he oído discutir. Sé que estás nervioso.

Luca abrió la boca para disculparse, pero no lo hizo. Sabía que la maldición de los D'Amato le acompañaría toda la vida.

Y sabía qué tenía que hacer.

–Voy a quedarme unos días –dijo Luca al entrar en el dormitorio, donde Emma estaba tumbada en la cama. Podía sentir su dolor y confusión–. Será mejor que hagas tu maleta. Lo arreglaré para que te lleven al aeropuerto y llamaré a Evelyn para que cancele todas mis citas de la semana que viene. Cuando vuelvas, me gustaría que te pusieras en contacto con Kasumi...

Y Luca continuó dando órdenes, hablando sólo de trabajo.

–¿Quiere esto decir que, a partir de ahora, es como si nada hubiera pasado?

–Así es. Te aseguro que no hay motivos para que pierdas tu trabajo. Por supuesto, si prefirieras dejar la empresa, te daría unas referencias excelentes. Tengo algunos contactos...

Luca quería que dejara la empresa. Sí, eso era.

–¿Qué ha pasado, Luca? –Emma necesitaba saberlo, no comprendía nada–. Todo era maravilloso...

–Por un breve tiempo, sí, lo admito –contestó Luca–. Pero ya me he cansado de ti.

–¿Quieres que me envíe a mí misma un ramo de flores de tu parte? –dijo Emma burlonamente–. Eso es lo que sueles encargarme.

–Cómprate un regalo de despedida –sugirió Luca.

–Yo no he dicho que voy a dejar el trabajo, ¿de dónde te has sacado eso? Estoy encantada con mi trabajo; aunque claro, si tú tienes alguna queja...

Le vio apretar los labios antes de contestar:

–No, ninguna.

–Bien. En ese caso, te veré cuando vuelvas.

Emma se quitó los pendientes y, con la dignidad que pudo, se los ofreció. Pero él se encogió de hombros.

–Considéralos una bonificación.

Y así sin más la apartó de sí, ignorando lo que habían compartido.

–Para que lo sepas, te odio –dijo ella.

–Te estás repitiendo.

–Es sólo para que lo sepas. Cuando sonría y te lleve el café o te ría alguna gracia... no olvides que te odio.

Capítulo 12

S E ESTABA preparando para marcharse. Discretamente, casi sin que se notara, pero se estaba preparando.

Al igual que se apagaban las luces de la oficina, una a una, así se estaban cerrando las puertas de su corazón: trabajaba, preparaba su portafolio con sus trabajos artísticos, visitaba al agente inmobiliario... y continuaba realizando sus tareas al lado del hombre que la había destrozado emocionalmente.

Sí, continuaba trabajando con eficiencia y competencia, y el día que Luca volvió a la oficina a su regreso de Italia, ella le llevó café y le dio los buenos días como si nada hubiera pasado.

–Buenos días, Luca.

–Buenos días, Emma.

De no saber que era imposible, Emma se habría dejado engañar y habría llegado a pensar que Luca estaba sufriendo tanto como ella.

Su aspecto era horrible.

Cualquiera que no le conociera pensaría que su aspecto era divino, pero ella notó un ligero tono cenizo en su piel, unas hebras plateadas en sus cabellos y aunque el cuello de la camisa le quedaba holgado, parecía como si le estuviera ahogando.

–Tienes la reunión con el cliente a las nueve, así que Evelyn me ha pedido que repase contigo tu calendario para las próximas dos semanas... si no tienes inconveniente.

Luca sabía que Emma había estado preparándose para aquel momento. No se ruborizó ni evitó su mirada ni había agresividad en su voz. Jamás la había admirado tanto.

–No, no tengo inconveniente –Luca asintió, indicándole con un gesto que se sentara, y abrió el archivo de su calendario en el ordenador mientras Emma tomaba notas.

–Tienes programados dos viajes al extranjero...

–Tres –dijo Luca–. Tenemos que pasar la noche en París.

–Creía que... –como Evelyn había comenzado un nuevo programa de inseminación artificial, significaba que ella tenía que acompañarle en sus viajes–. Quiero decir que como tu padre no está bien, Evelyn no estaba segura de que quisieras...

–París está más cerca de Italia que Londres –la interrumpió él–. No voy a cancelar nada y menos teniendo en cuenta que he estado una semana fuera de la oficina. Es necesario que una de las dos se quede a trabajar hoy hasta tarde.

–Sí, claro –dijo Emma.

–Y puede que mañana también.

Emma se dio cuenta de lo que él se proponía: le estaba advirtiendo lo duro que iba a ser si continuaba trabajando allí porque llevaría, en su mayor parte, la carga de los viajes.

–No hay problema –Emma sonrió–. ¿Algo más?

«Márchate de la empresa».

«Márchate», le dijo mentalmente. Porque era una tortura tenerla tan cerca y no poder poseerla.

Quizá debería rendirse y dejar la empresa, pensó Emma en innumerables ocasiones durante las siguientes semanas. Sin embargo, no podía cerrar esa última puerta, no podía cortar todo contacto... por una buena razón.

–¿Qué signo del zodíaco es el diez de junio? –Evelyn, negándose a darse por vencida, en un par de días iba a hacerse un análisis de sangre que decidiría su destino.

–Géminis –Emma sonrió, bajó la cabeza y continuó su trabajo.

–¿Cómo son los géminis? –insistió Evelyn.

–Simpáticos, alegres, ingeniosos –respondió Emma, deseando que Evelyn no albergara tantas esperanzas.

–Sé que me estoy ilusionando demasiado –Evelyn se puso en pie para ir a reunirse con Luca–. Pero es que esta vez me siento diferente, sé que estoy embarazada.

Y Emma rezó para que fuera verdad, por Evelyn. Pero por ella misma esperaba que Evelyn estuviera equivocada... porque también se sentía diferente.

Emma no daba crédito a las tareas tan diversas de su trabajo: desde encargarse de reservar habitaciones en hoteles de siete estrellas en Dubai a vérselas con una empleada del hogar histérica y un perro con espasmos.

Otro día tras el telón de la ajetreada vida de Luca D'Amato.

Evelyn estaba con Luca en una reunión, por lo que decidió enviarle un mensaje al móvil en vez de llamar: *Problema con Pepper. Empleada tiene que irse pronto. Veterinario en camino.*

Como sabía lo que le iban a contestar, agarró el bolso y pidió a uno de los conductores de la empresa que la llevara a casa de Luca.

Desde el día del primer beso no había vuelto a la casa de Luca.

Al entrar, le resultó difícil recordar su inocencia al pensar que podía manejar la situación, que podía padecer los encantos de él y salir ilesa.

—El veterinario ya está en camino —Rita, la empleada de hogar, lloraba al lado del perro—. Llegará en cuestión de minutos. Yo tengo que irme a recoger a los niños al colegio.

Pepper, tumbado en el suelo y claramente sufriendo, enseñaba los dientes y ladraba cuando alguien se le aproximaba.

–Vete –dijo Emma–, yo me quedaré aquí para recibir al veterinario.

–Luca lo va a pasar muy mal –dijo Rita sollozando–. Adora a ese perro.

–¿En serio? –Emma no pudo evitar la nota de sorpresa en su voz–. Casi nunca está aquí con él.

–Pero le gusta que esté aquí cuando viene a su casa –comentó Rita–. Pobre Pepper. No comprendo cómo Martha pudo abandonarle...

Emma odiaba estar allí. Odiaba estar en la casa de Luca, rodeada de sus cosas...

–¿Dónde está el maldito veterinario?

Emma no había contado con la llegada de Luca, no se le había pasado por la cabeza que él dejara una reunión importante por un perro que no parecía gustarle demasiado.

–Acaba de llamar para decir que estará aquí dentro de un par de minutos.

Luca se arrodilló al lado del perro.

–No te preocupes, te vas a poner bien –le dijo Luca al perro en tono seco y duro antes de volver la cabeza hacia ella–. Si le hablo de otra manera, más suave, se dará cuenta...

Luca alargó el brazo hacia el perro, éste le enseñó los dientes, pero Luca le ignoró y le acarició. Por fin, Pepper se calmó.

–Sabes que te gusta, sabes que no vas a morderme –añadió Luca. Y cuando el interfono sonó,

se volvió de nuevo hacia ella–. Puedes irte después
de abrir al veterinario.

–No me importa quedarme.

–No es necesario.

Luca estaba acariciando al perro con las dos manos, calmándole y hablándole con dulzura. No
comprendía a ese hombre. ¡Jamás le comprendería!

–¿No deberías llamar a Martha? –preguntó ella,
y le vio quedarse inmóvil durante unos momentos.

–Le abandonó –contestó Luca–. Ya no es su perro.

–¿Por qué rompisteis? –preguntó Emma con cu-
riosidad.

Quizá no fuera el momento oportuno para hablar
de eso, pero quería saberlo desde hacía tiempo.

–Las cosas no iban bien entre los dos –respondió Luca–. Ah, ya ha llegado el veterinario. Ábrele
y márchate.

–¿O iban demasiado bien? ¿Eras demasiado feliz y por eso tuviste que romper la relación, Luca?

–Márchate.

Pero no podía hacerlo, tenía que decir lo que estaba pensando.

–¿Tienes miedo de salir a tu padre? –el rostro de
Luca enrojeció de ira, pero no le asustó–. Tú no
eres tu padre, Luca.

–No practiques tu psicología de pacotilla conmigo –le espetó él–. No te quiero, Emma, la verdad
es que ni siquiera me gustas. Me acosté contigo
porque tú quisiste, porque me lo rogaste. Desde el
principio te dejé claro que eso era todo. Pero ahora

tú estás empeñada en encontrar una razón que explique por qué ha acabado.

–Está bien, Luca, mensaje recibido –dijo ella sintiéndose casi enferma.

–No, tú has preguntado y voy a contestar. La razón por la que he roto es porque empezaste a agobiarme, a exigirme... y ni siquiera eres buena en la cama.

Emma cerró los ojos.

–Fuera –dijo él.

Esa vez, Emma se marchó.

Fue rápido, indoloro y tenía que hacerse.

Tal y como el veterinario había observado en varias ocasiones, encontrar un lugar de acogida para un perro viejo con demencia sería una tarea casi imposible.

Había llegado su hora.

–¿Quiere que me lo lleve? –preguntó el veterinario.

–Sí, gracias.

–¿Quiere quedarse con el collar?

–No, gracias.

Y Luca no volvió a la oficina hasta que no logró borrar todo rastro de la existencia de Pepper en aquella casa.

Capítulo 13

SÉ QUE estoy embarazada –declaró Evelyn con firmeza.

–Esperemos a ver qué dicen los de la clínica –dijo Emma con cautela–. Lo sabrás con seguridad mañana.

–Tengo todos los síntomas –insistió Evelyn–, tengo náuseas por la mañana, me duelen los pechos... –Evelyn hizo un listado de los síntomas para creciente intranquilidad de Emma–. Lo que pasa es que quiero saberlo ya.

Y Emma también.

–Evelyn –Emma agarró su bolso–, me voy a almorzar, ¿vale?

–¿A la calle? –Evelyn frunció el ceño. Nadie salía a almorzar fuera, a no ser para acompañar a Luca a alguna comida de negocios; de lo contrario, se comía un bocadillo en la mesa de despacho.

–Tengo que hacer unas cosas –Emma se colgó el bolso al hombro.

Los servicios públicos de unos grandes almacenes no eran el lugar idóneo para averiguarlo, pero para lo que iba a hacer necesitaba estar lejos de Luca.

Pasó la interminable corta espera apoyada en la pared. Agarró el señalizador y se lo quedó mirando. Había tomado la píldora; pero, según había leído en Internet, esas cosas pasaban de vez en cuando.

–¿Dónde demonios has estado? –preguntó Luca cuando ella volvió al trabajo.

Y Luca no estaba de buen humor; de hecho, llevaba mucho tiempo sin estar de buen humor, desde su regreso de Sicilia; pero ahora, tras la muerte de Pepper, se le había puesto un genio de mil demonios.

Emma se quitó la chaqueta fingiendo ser inmune al duro tono de él.

–Te he preguntado que dónde estabas –dijo Luca–. Te he llamado al móvil.

–Estaba almorzando –respondió Emma–. Y se me había olvidado cargar el móvil.

–Te has pasado dos horas almorzando.

–Y ayer estuve trabajando aquí hasta las once de la noche –contestó ella, demasiado consternada para sentirse amenazada por él.

Quizá debería decírselo ya. «¡Ah, a propósito, acabo de hacerme la prueba del embarazo y estaba preparándome para darte la buena nueva!».

¡Qué fácil lo tenían los hombres!

Le miró. Clavó los ojos en el rostro cuya expresión había sido de adoración en el pasado y se preguntó cómo Luca había podido cambiar tanto... y cómo ella iba a lograr hacer acopio del valor suficiente para decírselo.

No podía.

Por eso, en vez de dar explicaciones, se dirigió a su escritorio mientras Luca enumeraba verbalmente tantas tareas que incluso Evelyn frunció el ceño ante la imposibilidad de su realización.

Pero Emma se puso a trabajar, encargándose de los mensajes electrónicos y las llamadas mientras Evelyn se encargaba de Luca.

El mal humor de Luca era palpable, lo oía a través del interfono y lo sentía a través de la espesa puerta de madera de roble, lo veía cuando entraba en el despacho de Luca para darle las últimas cifras que le había pedido y que él, a pesar de la supuesta urgencia, apenas miraba.

—Y no olvides la reunión del mediodía de esta noche —dijo él cuando ella se disponía a salir de su despacho tras llevarle unos papeles—. Asegúrate de que esté toda la información que necesito.

—¿Al mediodía de esta noche?

—Con la oficina de Los Ángeles —Luca sonrió burlonamente—. Evelyn tiene que marcharse a las seis; así que, si necesitas salir a algo, ¿podrías hacerlo antes de esa hora?

—Tengo cosas que hacer esta tarde —era verdad, tenía que ir a ver al médico y pensar en qué iba a hacer—. No puedo dejarlas.

—Evelyn, por favor, ¿podrías dejarnos solos un momento?

Emma agradeció en silencio la sonrisa comprensiva que Evelyn le dedicó al salir.

—Cuando te ofrecimos este trabajo...

—¡Sé perfectamente lo que te propones!

–Cuando te ofrecimos este trabajo –repitió Luca con voz fríamente tranquila–, se te dejó muy claro que tendrías que viajar y trabajar hasta tarde.

–Estás presionándome para que deje el trabajo –según ella iba alzando la voz, Luca se recostaba más y más en el respaldo de su asiento mientras sonreía con sorna.

–Se te dejó muy claro también que tu tarea principal era aliviar la carga de trabajo de Evelyn. Evelyn es muy valiosa...

–Al contrario que yo –le espetó Emma.

–Yo valoro a todos mis empleados –respondió Luca–, pero Evelyn es vital, por eso soy tan flexible con sus citas al médico y demás. Y por eso estás tú aquí, para aliviar su trabajo y evitar que presente su dimisión.

–Que es justo lo que quieres que yo haga.

–¿Por qué iba a querer que dejaras la empresa? –Luca sonreía abiertamente–. Si Evelyn recibe una buena noticia mañana, te necesitaremos aún más. ¡Puede incluso que te ascienda!

La tuvo en la oficina hasta las diez de la noche. En casa, cayó en la cama agotada, pero tardó mucho en conciliar el sueño.

Capítulo 14

LA LLAMADA llegó inesperadamente.
Luca había ganado. Emma había escrito e
imprimido su carta de dimisión y la tenía en
el bolso a la espera de que se presentara la oportunidad.

Evelyn se había hecho los análisis de sangre aquella mañana y había recibido la mala noticia al mediodía. Luca se había ofrecido para llevarla a su casa,
pero Evelyn había rechazado la oferta.

–No va a ser la definitiva –le había dicho Luca
cuando Emma estaba sentada con un brazo sobre el
hombro de Evelyn–. Quizá fuera mejor que te vie-
ran en otra clínica, he encontrado una muy buena.
Al parecer, el porcentaje de embarazos en esta clínica que te digo es muy algo.

Y Luca le dio el folleto de la clínica a la que acababa de referirse.

–Es muy cara, no podemos gastarnos tanto dinero –respondió Evelyn sollozando.

–Yo me encargaré de los gastos –dijo Luca–. Y
esta vez te tomarás unos días de vacaciones y des-
cansarás como es debido mientras esperas a que te
den los resultados.

–¿Por qué estás dispuesto a hacer esto por mí? –preguntó Evelyn con lágrimas en los ojos.

Emma se preguntó lo mismo. Pero claro, Evelyn era vital para él, pensó con cinismo, no podía permitirse el lujo de que Evelyn dejara la empresa. Sin embargo, la ternura de él la había tomado por sorpresa.

Las lágrimas se le agarraron a la garganta mientras Luca hablaba con Evelyn, mientras le oía hablarle con esa ternura que ella anhelaba.

–Porque tú has hecho mucho por mí. Por tu lealtad inquebrantable. Porque sé que cuando tengas un hijo, y lo tendrás, aunque decidas que quieres dejar el trabajo o que quieres trabajar a jornada partida, sé que siempre podré contar contigo, o para preparar a tu sustituta o para trabajar por unos días cuando lo necesite. Y sobre todo, porque somos amigos. Sé que puedo contar contigo y quiero que sepas que tú puedes contar conmigo para lo que sea.

Cuando Luca era tierno, no había nadie en el mundo más tierno que él, pensó Emma.

Nadie.

Posiblemente, Evelyn era la única que podía tener una relación duradera con Luca porque el sexo no entraba en juego; no había atracción física, simplemente se gustaban y se respetaban.

Más tarde, sentada delante de su escritorio mirando el cielo gris que declaraba el fin del verano, cuando Luca pasó por delante, entró en su despacho y cerró de un portazo, ella se sintió como uno de esos árboles de la calle sacudidos por el viento...

Y se dio cuenta de que ya no podía aguantar más. No podía aferrarse a algo que no existía.

No odiaba a Luca, sólo su comportamiento.

Le reprochaba que no la amara.

Y debía recordar aquello cuando le dijera que se había quedado embarazada.

Si se lo decía.

Pero sí, tenía que hablar con Luca, aunque no sabía por dónde empezar, si por decirle que dejaba la empresa o confesarle que iban a tener un hijo.

Tan absorta estaba con sus preocupaciones, que cuando recibió la llamada, aunque no totalmente inesperada, se quedó estupefacta.

Capítulo 15

SIGNORA D'Amato. *Comesta*? –Emma saludó en italiano, pero pronto se dio cuenta de la controlada emoción que contenía la voz de la madre de Luca cuando le preguntó en un inglés quebrado si su hijo estaba en la oficina.

–Ahora mismo le paso con él.

–¡No! –exclamó Mia angustiada–. Emma, por favor... la noticia no es buena. Rico... Rico ha muerto.

Emma cerró los ojos mientras Mia, perdiendo la compostura unos segundos, se echaba a llorar. Por fin, recuperándose, añadió:

–No sé cómo va a reaccionar Luca, su padre y él no estaban unidos, pero si pudieras decírselo tú...

Emma sintió las gotas de sudor en su frente; en realidad, ella no tenía por qué encargarse de un asunto tan personal. Sin embargo, Mia se lo había pedido porque creía que su hijo y ella estaban enamorados.

Pero sólo uno de los dos estaba enamorado.

–Os veré a los dos en el funeral.

Y Mia continuó hablándole de cosas que sólo alguien de la familia debería saber.

–Emma, esto va a ser un duro golpe para Luca

–concluyó Mia–. No sabes cuánto me alegro de que te tenga a ti.

El camino al despacho de Luca se le hizo eterno y demasiado corto al mismo tiempo. Llamó a la puerta y esperó a que le dijera que entrase.

–¿Sí? –le preguntó Luca, sentado al escritorio.

–Tengo algo que decirte.

–Pues dímelo.

–Es difícil...

–En ese caso, permíteme que te lo ponga fácil –Luca abrió un cajón y le dio un sobre con evidente alivio–. Como acordamos, yo mismo he escrito buenas referencias...

–Luca...

–Se te dará una bonificación –dijo Luca, interrumpiéndola de nuevo.

Luca llevaba tiempo sabiendo que ese momento iba a llegar, lo había forzado, lo quería, necesitaba que ocurriera; sin embargo, ahora que había llegado, le estaba resultando difícil, incluso doloroso.

–Es lo mejor –añadió él, diciéndoselo más a sí mismo que a ella.

–Luca, por favor, escúchame. Acabo de recibir una llamada de tu madre.

Su padre había muerto. Por fin había acabado todo, lo sabía. Ahora, finalmente, podría respirar... pero no podía. No podía porque todos los recuerdos, buenos y malos, estaban en su cabeza, detrás de sus ojos cerrados.

¿Por qué?

¿Por qué había sido así su padre?

¿Por qué?

Le sorprendió el dolor que sentía por un hombre que no había causado más que sufrimiento.

–¿Cuándo? –preguntó Luca.

–Ahora, hace un rato –respondió Emma con voz suave–. Tu madre está con una amiga, va a pasar la noche en un hotel y va a volver a su casa mañana por la mañana.

–Y mi padre... ¿ha sufrido?

–No. Tu madre ha dicho que ha sido rápido y tranquilo.

–Organiza el vuelo. Tengo que ir con mi madre. ¿Cuándo has dicho que vuelve a casa de donde está el hospital?

–Mañana por la mañana.

–Quiero salir mañana a las ocho, arréglalo. Y ahora, si me disculpas, voy a llamar a mi madre.

–Sí, claro, pero...

–Cancela todas mis citas durante una semana, la mayoría de la gente está advertida de que esto podía ocurrir en cualquier momento.

Luca parecía haberse sobrepuesto. Ahora estaba de pie, alto y orgulloso, y sin mirarla a los ojos.

–Luca...

Luca miró el sobre.

–Si tenías idea de dejar la empresa, te agradecería que esperases a que vuelva de Italia.

–Sí, claro, por supuesto. Pero... En fin, tu madre piensa que voy a ir contigo. Cree que yo también voy a ir al funeral.

–No –respondió Luca sin vacilación. No podía hacerlo otra vez, no podía dejar que Emma se acercara a él. Ya le había costado un gran sacrificio perderla una vez, no iba a soportar hacerlo de nuevo–. Les diré que se te necesitaba aquí.

–Tu madre piensa que se me necesita más allí.

Emma no pudo evitar echarse a llorar. Había visto la vulnerabilidad de Luca, aunque brevemente, y quería consolarle. Quería estar al lado del hombre que amaba en esos momentos, quería compartir su dolor, quería estar cerca de él para darle la noticia.

–No tienes necesidad de hacerlo solo.

–No –la respuesta fue tajante.

Luca lo había hecho todo solo, siempre había estado solo. Emma le estaba ofreciendo un camino distinto y él, mirándola a los ojos, trató de vislumbrar esa ruta desconocida.

Tenerla con él en esos momentos, dormir con ella a su lado, la mano de Emma en la suya...

La tentación era casi irresistible.

–No.

Luca le dijo que se marchara, descolgó el teléfono y le dio la espalda.

Emma cerró la puerta silenciosamente y logró no perder la compostura.

Consiguió seguir trabajando ese maldito día y, al acabar, en vez de irse a casa fue a ver a su padre.

–La quería, Emma –su padre sostenía en las manos una foto de su esposa y estaba llorando–. La quería.

–Lo sé, papá.

–Siempre supe que acabaría dejándome. Sabía que un día ella se marcharía...

En vez de quitarle la foto y llenarle el cuenco de chocolatinas, Emma se sentó en el sillón, al lado de la cama de su padre.

–Debería haberla apoyado en eso del arte –dijo Frank llorando mientras Emma, con los ojos cerrados, le agarraba la mano–. Debería haberla apoyado. Debería haber sido mejor padre contigo...

Y así continuó su padre, atrapado en un círculo vicioso de demencia y arrepentimiento.

Fue agotador escucharle.

Fue agotador marcharse.

Extenuada, salió de la residencia a la noche cerrada casi segura de que Luca estaría esperándola, casi presintiendo lo que se le avecinaba.

–He ido a tu casa.

–Estaba aquí con mi padre.

–Hemos terminado, Emma –Luca se obligó a sí mismo a decir eso porque Emma no se merecía mentiras, no se merecía falsas promesas.

Se merecía algo mejor que él.

–No podemos tener una relación.

–Lo sé –y lo sabía, por fin lo sabía, porque Luca se lo había dejado muy claro.

–Has ofrecido acompañarme al funeral y me gustaría aceptar tu oferta. Significaría mucho para mi madre y también para mí –admitió él.

Emma se sintió confusa porque, a veces, Luca daba la impresión de adorarla.

–He dicho que te acompañaría, pero no puede haber... –no acabó la frase, sabía que Luca la había comprendido. Al contrario que en el otro viaje, esa vez era en serio. Porque aunque le amaba y le deseaba, no podía acostarse con un hombre que le había dicho que no la quería.

–Lo comprendo –y Luca lo comprendía. El sexo siempre había sido para él un bálsamo, una distracción, un placer. Sin embargo, con Emma era otra cosa, algo que le había demostrado lo que echaba de menos, lo que echaría de menos siempre.

Sabía que no debía pedirle que le acompañara, pero la necesidad de tenerla a su lado se había sobrepuesto a la lógica.

–Al final, he decidido salir para Italia al mediodía. Evelyn irá a tu casa mañana por la mañana para ayudarte.

En el mundo de Luca las explicaciones no eran necesarias, él daba órdenes que se cumplían a rajatabla. Y Evelyn apareció a la mañana siguiente con ropa adecuada para un funeral y la ayudó a hacer las maletas, a cancelar planes, a llamar a la residencia...

Por fin, se sentaron en el cuarto de estar de Emma a la espera del conductor de Luca.

–Sé que pasó algo en Italia –dijo Evelyn con voz tierna.

–¡Cómo no iba a pasar! –exclamó Emma encogiéndose de hombros.

–Te lo advertí –pero no había acusación en la voz de Evelyn. Lo había visto antes y, sin duda, lo volvería a ver. Pero tratándose de Emma era diferente–. No tienes por qué ir a Italia...

–Sí, tengo que hacerlo –la interrumpió Emma.

–Te va a hacer sufrir –le advirtió Evelyn–. Por favor, no te involucres demasiado. Luca es incapaz de comprometerse con nadie.

–Lo sé.

–Y también es incapaz de reconocer sus errores –Evelyn hablaba por experiencia–. Lo he visto muchas veces. Tarde o temprano acabarás dejando la empresa. Por supuesto, te dará excelentes referencias y una bonificación fabulosa, pero te hará daño.

En ese momento el conductor llamó a la puerta y ambas mujeres salieron; Emma, tentada de echarse atrás antes de que Luca pudiera hacerla aún más daño.

Resistió la tentación. No iba al funeral por Luca, sino por el hijo que iba a tener.

Capítulo 16

AL ENTRAR en la casa de la madre de Luca encontraron todas las cortinas echadas y mujeres vestidas de negro sollozando. En medio de todas ellas, sentada dignamente y en silencio, se hallaba Mia.

Mia se levantó al ver a su hijo y le abrazó. Y, de repente, Emma recordó: lágrimas y dolor, ella agarrada a la mano de su padre, sus hermanos y sus tías llorando...

Mia, pasando por delante de la cocina donde estaban los hombres en silencio, les condujo al estudio de Rico; allí, habló con su hijo sobre los detalles del entierro.

Después de comer algo, Luca, dándose cuenta de que Emma estaba agotada, la envió a la habitación para que se acostara mientras él, en su papel de cabeza de familia, se reunía con los demás hombres.

En el dormitorio, Emma, sintiéndose extenuada, se desnudó y, antes de ponerse el pijama, se vio en el espejo y notó los cambios en su cuerpo. Aún no tenía el vientre abultado, era demasiado pronto, pero sí lo notaba más blando. Sus pechos también

se veían más redondos, las areolas más oscuras...
Pequeños cambios que Luca no notaría. Por supuesto, no iba a verlos, pensó mientras se ponía el
pijama de franela como si de un cinturón de casti-
dad se tratara.

Se deslizó entre las sábanas de algodón y cerró
los ojos, deseando que ya fuera por la mañana y
que la larga noche hubiera llegado a su fin.

Luca se acostó antes de la medianoche. Los sollozos aún rompían el silencio en ocasiones.

—Odio todo esto —admitió Luca en la oscuridad,
consciente de que Emma estaba aún despierta.

—Lo sé.

—Llevaba mucho tiempo esperando este momento.

—Nunca se está preparado para perder a un ser
querido.

—Yo no le quería.

A Emma se le heló la sangre al oír esa verdad.

—Nunca le he querido —añadió Luca.

—Luca, no deberías decir esas cosas la noche...

—Así que ahora es un santo, ¿eh? —dijo Luca con
enfado—. Los que están ahí abajo creen que era un
buen hombre, un buen marido, un padre maravilloso. Pero la verdad...

—¿Cuál es la verdad, Luca? ¿Cómo era?

—Le pegaba —ahí en la oscuridad, con la mano de
Emma deslizándose en la suya, lo había confesado—. Le pegaba constantemente y ella jamás lloró
ni se quejó, lo aceptaba. Pero aunque mi madre no
hacía ruido, se oía. Por supuesto, no podíamos de-

círselo a nadie. Y mi madre se tapaba los moratones...

–¿Cómo era...? –Emma tragó saliva–, ¿cómo era contigo y con Daniela?

–Daniela era su ojito derecho. Mi madre y yo hicimos lo posible por ocultárselo. No sé si lo sabía.

–¿Y contigo?

Luca no contestó y por eso ella alzó la mano y le tocó la cicatriz de la mejilla.

–¿Fue él quien te hizo esto?

Luca siguió sin responder y a Emma le llevó un momento darse cuenta de que se había dormido.

Dormido, Luca la abrazó, y ella se quedó rígida en el abrazo, diciéndose a sí misma que debía apartarse, pero jamás se había sentido tan próxima a él.

Sintió la dureza de su erección, su ardiente tensión. El deseo tan fuerte que debió de despertarle porque, acordándose de las reglas establecidas entre ellos, Luca se separó de ella.

Emma alargó el brazo y le puso una mano en el vientre. Al igual que Luca, ella también estaba olvidando las reglas.

Con lentitud, Emma acarició el vello que descendía del ombligo y entonces, tímidamente, le tocó. Le oyó gemir mientras sus dedos recorrían la longitud del miembro.

–Emma...

–Ssssss.

Emma no quería preguntas ni quería respuestas. Le acarició con más firmeza y, de repente, sintió la mano de Luca en su cuerpo.

–No tienes por qué...

–Quiero hacerlo.

–¿Por qué?

Porque le amaba, porque le deseaba, porque siempre sería así. A pesar de todo, nunca podría estar tumbada a su lado en una cama y no desearle.

Y porque Luca necesitaba aquello, era así de sencillo.

Y le besó.

Le besó en un sitio en el que jamás había pensado que le besaría.

Chupó hasta hacerle gemir.

La oscuridad la hizo más valiente, más valiente con cada beso, con cada caricia de la lengua. Sintió los dedos de Luca en su pelo, guiándola; oyó su respiración más acelerada... Dio generosamente sin esperar nada a cambio. Lloró cuando Luca alcanzó el clímax.

Luca la estrechó en sus brazos y continuó abrazándola. Y luego le preguntó:

–¿Por qué has hecho eso por mí?

Pero Emma no respondió. Sabía la respuesta...

Pero Luca no podía oírla.

Estaba avergonzada.

Sabía que Luca, a su lado en la cama, fingía estar dormido, ignorándola intencionadamente.

Se levantó de la cama con sigilo y fue al cuarto de baño. Se duchó, deseando que el agua arrastrase su vergüenza y estupidez por su comportamiento de la noche anterior.

Cerró el grifo de la ducha y fue a agarrar una toalla que no estaba allí. Luca entró mientras cruzaba desnuda el cuarto de baño y, rápidamente, intentó cubrirse con las manos al tiempo que se apoyaba en el lavabo.

–¿No podías haber llamado? –Emma sonrió para salvar el tipo y deseó que el vapor ocultara el rastro de su llanto.

Pero Luca la vio.

Vio el cuerpo que tanto había echado de menos y vio los cambios en él. Notó la redondez de los pechos y el aumento de las caderas, lo que añadía una nueva dimensión a la feminidad de ella.

Emma era como una droga. Nunca había albergado sentimientos tan fuertes por nadie. La noche anterior había aceptado lo que Emma le había ofrecido y no por escapismo, sino para rememorar y saborear la emoción que ella le provocaba.

Se lo había contado. Se lo había dicho y no le había espantado su horrible pasado. Por fin vislumbraba un futuro, un futuro con puertas de cuartos de baño abiertas, besos y risas. Un futuro forjado por dos.

–¿Por qué iba a llamar? –preguntó él sonriendo.

–Porque... –Emma empezó a llorar y no pudo hacer nada por evitarlo–, porque...

Luca la aprisionó suavemente contra el lavabo besándola. Desnuda, hermosa. Había jurado no volver a hacer el amor con ella, había jurado dejarla, protegerla de sí mismo, pero empezaba a ver las cosas de modo diferente.

Emma estaría más protegida a su lado.

La besó como si fuera la primera vez.

–Haces que todo sea mejor. Contigo es todo mejor.

–Esto no es sólo sexo –declaró Emma llorando mientras Luca la sentaba en el borde del lavabo para besarle los hinchados pechos.

–No –murmuró Luca, porque no era sólo sexo.

Luca alzó la cabeza y le secó las lágrimas a besos, le besó la boca mientras le acariciaba el más abultado vientre.

–No vuelvas a hacerme sufrir, Luca... –rogó ella con voz entrecortada.

–Nunca –respondió él con firmeza y total honestidad.

–Y dime que no es sólo sexo –suplicó Emma mientras él le separaba las piernas.

–No, no lo es –respondió Luca acariciándole la garganta con su aliento y casi al borde de las lágrimas.

Y la penetró. La olió, la saboreó, dentro de ella otra vez, profundamente. La rodeó con sus brazos y sintió cosas que no había sentido nunca. Y Emma se arqueó y él no tuvo que contenerse, lo único que tenía que hacer era amarla, y era pavorosamente fácil.

–Te amo –gimió Luca casi con dolor.

Emma jamás habría creído posible oírle decir eso, pero Luca estaba repitiendo esas palabras una y otra vez, pronunciándolas mientras se derramaba dentro de ella con rápidos y fieros envites, conduciéndola al clímax, haciéndola entregarse por completo a él y arrancando de ella las mismas promesas de amor.

–Gracias a ti voy a poder soportar este día –dijo Luca envolviéndola en una toalla y abrazándola.

Capítulo 17

ESTABA embarazada.

Luca estaba seguro de eso y de que era él quien la había dejado embarazada.

Se encontraba en la iglesia al lado de su madre y su hermana, tratando de asimilar el hecho de que el apellido D'Amato continuaría.

Intentó imaginarse de padre.

¿Podría hacerlo? ¿Podría romper la promesa que se había hecho a sí mismo?

Ese día cumplió con su deber y tiró un puñado de tierra encima del féretro.

Se encontraba sumamente confuso. Las tumbas le recordaron su historia, su pasado, el significado auténtico de su apellido. Quería volver a sentir lo mismo que por la mañana, esa misma seguridad, la seguridad de que nunca haría daño a la persona amada.

Tenía que pensar...

–Vamos –Mia estaba relativamente tranquila, resignada–. Los coches nos están esperando.

–Adelantaos vosotras –Luca miró a Emma–. Yo iré dentro de un poco.

–Tienes que recibir a los invitados –le recordó Emma.

–Prefiero ir dando un paseo, lo necesito.

–Tienes que volver a la casa –dijo Mia exaspe-
rada–. Como el único varón de la familia, la tradi-
ción...

–Volveré enseguida –Luca se negó a dejarse
manipular–. Pero ahora necesito estar solo un rato.

Tenía que estar solo. Se trataba de un paso demasiado grande, demasiado serio. Emma pronto le
diría lo que él ya sabía, que iba a ser padre, y quería
que su respuesta fuera la correcta.

Se paseó por el cementerio y luego se detuvo
con gesto pensativo. A su memoria acudieron las
palabras de su madre: «Eres igual que él. Eres un
D'Amato».

–¡Luca! –Leo se detuvo a su lado con los ojos fijos en la nueva tumba–. ¿Quieres que te lleve a
casa en el coche?

–Todavía no quiero ir. Voy a pasear un poco.

–¿Te importa que te haga compañía?

Iba a rechazar la oferta, pero Leo era un hombre
con sentido común e inteligente. Debía de haber
curado a su madre tras alguna paliza, debía de haber visto las heridas de su madre, debía de saber lo
que había pasado... Quizá Leo pudiera ayudarle.

Caminaron en silencio por los serpenteantes ca-
minos hasta el pueblo siguiente; allí, por fin, se
sentaron. Luca pidió un café y un whisky mientras
ponderaba cómo preguntar sin descubrirse.

–Emma parece una chica encantadora –dijo Leo
rompiendo el silencio.

–Lo es.

–Es un alivio veros a los dos apoyándoos mutuamente.

–¿Puedo hacerte una consulta en calidad de médico? –preguntó Luca sin preámbulos.

–Claro, por supuesto.

–Creo que Emma está embarazada –el médico no dijo nada, esperó a que él continuara–. Leo, necesito saber algunas cosas. Necesito saber cosas sobre mi pasado, sobre mí...

–Pregunta lo que quieras –dijo Leo–. Intentaré responder con toda honestidad.

–Siempre me he sentido diferente a mi padre, aunque mi madre dice que soy igual que él... –vio el vaso de Leo detenerse camino de sus labios–. ¿Comprendes lo que te digo?

–Eso creo.

–¿Es verdad?

–¿Es verdad qué, Luca? –preguntó Leo.

«Que pegaré a mi mujer, que llevo en la sangre la crueldad de los D'Amato». Eso era lo que quería decir, pero se contuvo y vació el vaso de whisky.

–No debería haberte dicho nada –Luca se puso en pie–. Tengo que volver a casa.

–Luca, siéntate –Leo hizo un gesto al camarero para que volviera a llenarle el vaso, pero Luca continuó de pie–. Tenemos que hablar. Será mejor para ti y quizá también para Emma saber la verdad.

–No quiero seguir hablando –no quería enfrentarse a lo inevitable.

–Hay un psicólogo muy bueno en Palermo, un psicólogo que recomiendo para tratar de estos asuntos.

–¡No! –gritó Luca.

–Luca, no puedes evitar tus genes.

Fue como oír caer la guillotina. La verdad era tan horrible que le dieron ganas de vomitar.

–¡No! –esa vez eran los sollozos de Emma los que se oían en la casa, y él tuvo que sujetarla para que no le golpeara–. Dijiste que me amabas.

–Emma –dijo Luca con voz fría–, estaba consternado, disgustado...

–¡Tú, consternado! –gritó Emma–. Eres un canalla sin escrúpulos. Me miraste a los ojos y me dijiste que me amabas.

–La gente dice esas cosas –la voz de Luca estaba llena de fría razón–. Los hombres decimos esas cosas y lo sabes perfectamente. Las decimos para...

–¿Para conseguir lo que queréis? –le interrumpió Emma–. Ya tenías lo que querías, Luca. ¡Me estabas follando cuando lo dijiste!

–No hables como una cualquiera.

–¡En eso es en lo que me has convertido! –y como no podía pegarle, como él la tenía agarrada, le insultó.

Y continuó insultándole.

Pero Luca no se inmutó.

No le dijo lo del niño, no se sacó el as de la manga.

Y Luca la admiró por ello.

Tampoco canjeó el cheque que le había enviado, lo que le dejó preocupado.

Luca esperó durante meses la llegada de una carta de ella o de un abogado contratado por ella, o una llamada...

Volvió al pueblo siciliano para cumplir con sus obligaciones y asistir a la misa de su padre a los tres meses del fallecimiento. No soportaba estar en esa habitación sin ella.

Estaba tumbado en la cama aún, no quería levantarse ni darse una ducha en el cuarto de baño en el que le había confesado la verdad.

Había hecho daño a Emma.

Y estaba enfadado.

Estaba enfadado por dudar de sí mismo, porque tras reflexionar durante esos meses se había dado cuenta de que jamás la pegaría.

Después de que Emma dejara la empresa, él había ido a un psicólogo, aunque no al italiano que Leo le había recomendado. Se había sentado con regularidad en un sillón en la aséptica oficina de Londres y había abierto su corazón a un perfecto desconocido que le había obligado a explorarse a sí mismo, y ahora lo sabía.

Sabía que, a pesar de su herencia genética, a pesar de lo que Leo había dicho, sabía que nunca proyectaría su ira en Emma.

Por primera vez se fiaba de sí mismo, lo malo era que quizá fuese demasiado tarde.

—Luca... —su madre llamó a la puerta y entró.

Puso café encima de la mesilla y luego le dio la bandeja; se acercó a la ventana y la abrió.

—No deberías hacer esto —protestó Luca—. Soy yo quien debería cuidarte a ti.

—A quien deberías cuidar es a Emma —observó su madre.

Mia estaba vestida de negro. Era un día negro, pero su madre parecía contenta. La ausencia de miedo, pensó él.

—Creía que mantenerme lejos de ella era cuidarla —dijo Luca.

—No lo comprendo. ¿Cómo has podido pensar que la cuidabas apartándote de ella? Emma te quiere.

—No quería ser como *él*.

—Sé que te he dicho cosas terribles, pero lo hice porque tenía miedo, porque sufría, porque me sentía culpable... No sabes cuánto lo siento. Pero tú no eres como él en absoluto —dijo su madre apasionadamente.

—Ahora por fin lo sé —contestó Luca.

—Leo me dijo que había hablado contigo —Mia se sentó en el borde de la cama con lágrimas en los ojos—. No lo comprendo, Luca. Leo me dijo que sabías de tu pasado y que querías hablar de ello con él. Sé que debió de ser un golpe muy duro para ti, que ha debido de causarte mucho dolor enterarte de la verdad, pero hasta el punto de hacerte dejar a Emma... ¿Por qué, Luca?

—Porque Leo dijo que lo llevaba en la sangre, que no podía evitar mis genes. Lo que significa que llevo dentro la violencia de mi abuelo, de mi tío y de mi padre. Le dije que yo no me sentía como ellos y él me dijo que sabía que era difícil aceptarlo, enfrentarse a...

Un gemido de horror escapó de la garganta de su madre, un gemido que le asustó.

Entonces, con mirada frenética y los ojos empañados por las lágrimas, Mia le dijo a su hijo:

—Enfrentarte a la verdad de que Leo es tu verdadero padre...

De repente, le pareció que todo daba vueltas. Que el mundo entero se derrumbaba.

—Creía que lo sabías —dijo Mia entre sollozos—, Leo creía que lo sospechabas, que lo habías adivinado por fin...

Luca cerró los ojos y, cuando volvió a abrirlos, el mundo le pareció más luminoso, más seguro. Sólo le pesaba que era un mundo sin Emma.

—Tengo que saberlo —dijo Luca sin poder evitar una oleada de ira—. ¿Sabía Leo cómo te trataba él?

—¡No, jamás! —Mia sollozó—. Sólo tú, hijo mío, sólo tú sabes lo que yo he sufrido. Me prometieron a tu padre, nuestras familias eran amigas. Yo sabía que tendría que casarme con él, pero no quería pensar en ello. Siempre me había gustado Leo y, una vez, cuando estaba estudiando y volvió al pueblo de vacaciones, nos besamos...

Mia suspiró momentáneamente antes de continuar con su relato.

—Yo trabajaba en la panadería, faltaban dos semanas para mi boda. El pueblo estaba de fiesta porque Leo había aprobado sus exámenes y se iba a

Roma, a la universidad, a estudiar Medicina. Yo estaba muy triste. Iba a casarme muy pronto y tu padre me había abofeteado, me había empujado y me había obligado a hacer cosas de las que me avergonzaba...

–No es mi padre –le corrigió Luca.

¡Y cómo le gustó poder decir eso!

–Rico me había hecho daño –dijo Mia asintiendo a las palabras de su hijo–. Un día, al salir de la panadería, me encontré con Leo. Él se marchaba al día siguiente y me dijo que sentía mucho no poder asistir a mi boda, después, confesó que no lo sentía en absoluto. Me dijo que sufriría presenciando mi boda con otro. Fuimos al río y allí estuve a punto de decírselo.

–¿Por qué no lo hiciste?

–¡Cómo iba a hacerlo! Leo era un buen hombre, incluso de joven, y me quería. No se habría ido a Roma a estudiar Medicina.

–Podría haberte llevado con él.

–Habría sido una vergüenza para su familia y se habrían negado a pagarle los estudios. Al fin y al cabo, yo era la prometida de otro hombre, y este pueblo jamás habría perdonado algo así.

La mirada de Mia se perdió en el recuerdo durante unos segundos.

–Nos besamos y te engendramos ese día, Luca. Fue el mejor día de mi vida. Ahora, al volver la vista atrás, pienso que quizá debería habérselo dicho, pero éramos jóvenes y yo le quería y quería que fuera feliz. Le habría hecho sufrir...

–¿Sabía Rico que yo no era hijo suyo?

–Nunca dijo nada, aunque yo me he preguntado muchas veces si no lo sospechaba, si no era por eso por lo que se peleaba tanto contigo y conmigo; pero la verdad es que me maltrataba desde mucho antes de que yo le fuera infiel.

–¿Y Leo? –Luca tragó saliva–. ¿Cuándo se lo dijiste?

–Tardé mucho en decírselo. Leo ya era todo un hombre cuando volvió, y yo estaba casada y con dos hijos. Él también se casó y yo me hice amiga de su esposa. Leo llegó a hacerse amigo de Rico. Nadie sabía qué clase de hombre era Rico de puertas para dentro. Cuando Carmela, la esposa de Leo, murió, Leo vino aquí una noche; estaba hablando con Rico y viendo unas fotos y fue entonces cuando vio una foto tuya de tu licenciatura. Me acuerdo como si fuera ahora mismo cómo me miró, me lo preguntó con los ojos, y yo miré para otra parte, completamente colorada. Fue entonces cuando se dio cuenta. Debió de darse cuenta del parecido.

–¿Has hablado con él de esto? –preguntó Luca.

–Hablé con él hace unos meses, aunque no pudimos hablar mucho. Leo era el médico de Rico, su amigo, pero tenemos una conversación pendiente.

–¿Todavía no habéis hablado?

–Pronto lo haremos –dijo Mia–. No me va a resultar fácil decirle lo mucho que yo sufrí y lo mucho que tú, su hijo, has sufrido. Le va a hacer mucho daño.

–¿Cómo sabes que le va a hacer daño? –quiso saber Luca.

–El amor no desaparece así como así, Luca.

–Lo sé.

Tenía muchas preguntas que hacer, tanto a su madre como a su verdadero padre, pero las respuestas tendrían que esperar.

A quien tenía que ver era a Emma, aunque fuera demasiado tarde, y para eso tenía antes que hablar con otra persona.

–No puedes marcharte todavía –dijo Mia cuando él se puso a hacer la maleta–. La misa es esta tarde. Luca, por favor, tus obligaciones, la familia...

–No, mamá –Luca le dio un beso en la mejilla–. Mi primera obligación es con Emma, ella es ahora mi familia.

Capítulo 18

¿PODRÍA pagar la cuenta de mi padre?

–Por supuesto –el encargado, más simpático que de costumbre, le sonrió cuando ella entró en el despacho–. Ha vendido otro cuadro.

Ahora fue el encargado el que le tendió un sobre con un cheque, y ella sintió un agradable hormigueo en el estómago.

Las cosas marchaban bien.

La casa de su padre se había vendido y ella había encontrado un pequeño piso cerca. Gracias a las excelentes referencias de Luca, había conseguido un trabajo al que sólo tenía que ir tres días por semana; y una vez que naciera el niño, estaban dispuestos a dejarla trabajar desde casa dos días por semana, lo que le dejaría tiempo para dedicarse más a sus estudios de arte.

Echaba de menos a Luca y también lo sentía por el niño que iba a tener. Pero no podía hacer nada al respecto, por lo que proyectaba su sufrimiento en los cuadros.

¡Y había vendido tres!

Un día se le había ocurrido colgar uno en la habitación de su padre, el familiar de otro de los residentes lo había visto y le había gustado y, como resultado, había vendido tres cuadros.

Por supuesto, no por enormes cantidades de dinero, pero el suficiente para cubrir los gastos de pañales y biberones cuando el niño naciera.

Recorrió el largo pasillo con algo de aprensión. Su padre había notado lo hinchado que tenía el vientre y, desgraciadamente, ni el infarto ni la leve senilidad le impedían hacer preguntas inconvenientes.

Le vio al abrir la puerta.

Vio el metro ochenta y ocho de hombre con ojos azules sentado en la cama riendo con su padre. Y no supo qué hacer.

–¡Ahí está mi niña! –exclamó Frank alborozado.

Emma dio un beso a su padre en la mejilla e ignoró a Luca.

Él se la quedó mirando mientras Emma guardaba el pijama, ponía el chocolate en el cuenco y el dinero para el periódico. Y vio el abultado vientre y la tensión en su rostro cuando, por fin, se volvió y le dio la cara.

–¿Te importaría que habláramos un momento? –dijo Emma–. Afuera.

Salieron al jardín de la residencia y, por fin, ella rompió el silencio.

–¡Ni se te ocurra inmiscuir a mi padre en esto! Está mayor y confuso.

–Va a ser el abuelo de nuestro hijo –observó Luca–. Yo diría que ya está involucrado. Y, a propósito, ya lo sabe.

–¿Que sabe qué?

–Que estás embarazada –respondió Luca, viéndola enrojecer–. ¿Cuándo pensabas decírmelo?

–No lo sé –respondió ella sinceramente.

–¿Que no lo sabes? –repitió él con incredulidad.

Emma estaba demasiado cansada, demasiado confusa y demasiado enfadada para tonterías.

–Lo sabías –dijo ella en tono acusatorio–. Lo sabías aquella mañana que me dijiste que me querías y lo sabías cuando decidiste que me marchara.

Fue una agonía cuando él asintió.

–Así que no te hagas el ofendido –añadió Emma–. Preferiste mantenerte al margen. *Yo te aburría*, ¿o se te ha olvidado?

–Nunca –dijo Luca, con el rostro muy pálido.

–Y no soy buena en la cama.

–Eso tampoco es verdad –no quería recordar lo que le había dicho; sin embargo, tenía que enfrentarse a ello–. No hago más que pensar en ti. Lo único que quiero en el mundo es a ti... si es que me das la oportunidad de demostrártelo.

–¿Por qué iba a hacerlo? ¿Por qué iba a arriesgarme otra vez? Nos las arreglaremos sin ti.

Luca sabía que Emma podía hacerlo, pero quería estar a su lado.

–Tenía miedo de ser como mi padre –admitió Luca.

–No es suficiente, Luca –Emma volvió el rostro y miró hacia otro lado–. Yo tenía miedo de ser como mi madre, pero sé que jamás haría lo que hizo ella.

–Mi padre la pegaba, Emma –Luca cerró los ojos–. Le daba palizas de muerte.

–Lo sé –dijo Emma–. Y también sé que tú nunca me harías eso a mí ni se lo harías a nuestro hijo. ¿Por qué no podías verlo?

–Mi abuelo y mi tío eran iguales que mi padre. Emma, no quería hacerte daño.

–¡Pero me hiciste daño! –exclamó Emma haciendo un esfuerzo por no echarse a llorar–. Me hiciste daño una y otra vez. Y para hacer daño no se necesitan los puños, Luca.

–Mi abuela se resbaló y se cayó –dijo Luca en un ronco susurro, expresando con palabras los oscuros pensamientos a los que nunca había dado voz–. Eso es lo que me dijeron y eso es lo que creía; pero una noche, oí a mi madre llorar y decir que Rico era igual que su padre. «Y mira cómo ha acabado mi madre», fue la respuesta de Rico a mi madre.

No se trataba sólo del padre de Luca, pensó Emma dándose cuenta de lo que Luca intentaba decir. No se trataba sólo de las palizas...

–La mató.

–Oh, Luca... –susurró Emma.

–Y el hermano de Rico, Rinaldo, también pegaba a la tía Zia Maria. Daniela la recuerda siempre maquillada; claro, era para cubrirse los hematomas.

Emma cerró los ojos y recordó el muy maquillado rostro de la segunda esposa de Rinaldo.

–Maria vino a nuestra casa una noche, asustada y llorando, y mi madre le dijo que volviera a su casa... A la mañana siguiente estaba muerta. Mi padre, el policía, después de la «investigación», declaró que un caballo la había matado a coces.

Luca respiró profundamente, haciendo acopio de valor para continuar.

—Me crié en este secreto, un secreto que ni el médico de la familia conocía. Mi padre era el policía del pueblo y en su casa se cometían atrocidades, al igual que en las casas de su padre y de su hermano. Y cuando ya me hice un hombre, me prometí a mí mismo no vivir con una mujer, no casarme, no tener hijos... Creía que era inevitable que yo hiciera lo mismo, creía que llevaba esa violencia en la sangre —Luca miró el vientre de ella—. Y creí que se lo pasaría al niño también y que por eso lo mejor era que el niño viviera sólo contigo.

—Deberías haberme dicho esto antes —dijo Emma.

—Iba a decírtelo el día del funeral; fue entonces cuando pensé que yo no sería así, que yo nunca te haría daño. E incluso iba a pedirte que te casaras conmigo...

—¿Que me casara contigo? —Emma parpadeó—. ¿Ese día estabas pensando en pedirme que me casara contigo?

—No desde ese día, sino desde el día que te conocí, a pesar de no querer admitirlo —declaró Luca con honestidad.

—¿Por qué no lo hiciste entonces? —quiso saber ella.

—Hablé con Leo.

—¿El médico?

Luca asintió.

–Yo quería hablar con él, quería que me tranquilizara; en vez de eso, me dijo que no podía escapar a mis genes. Me recomendó un psicólogo. Yo creía que se estaba refiriendo a tratarme la violencia innata en mí...

–¡Qué atrevimiento! ¡Cómo es posible que se atreviera a insinuar que tú eras violento también!

–No, no era eso. En realidad... jamás podría ser como Rico porque mi verdadero padre es Leo.

–¿Leo? –repitió Emma con incredulidad–. ¿El médico que te dijo...?

–Eso era a lo que se refería al hablar de los genes. Creía que yo había averiguado que era mi padre y que era de eso de lo que quería hablar con él. Mi madre no se separó de Rico por... por sentimiento de culpa y vergüenza. No era sólo por qué pensaría la gente, sino porque le avergonzaba haber sido infiel a mi padre antes de casarse.

Emma parpadeó mientras trataba de asimilar las palabras de él.

–Te amo, Emma. Todos cometemos errores. Por ejemplo, acabo de pasar un rato con tu padre en el que él me ha dicho que se arrepentía de cómo os había tratado a tu madre y a ti. Y tengo otra cosa que decirte: tu padre no está senil. Me lo ha dicho hoy. Sabe que tú crees que lo está, pero la verdad es que ahora recuerda a tu madre con afecto y en cuanto a ti... Bueno, tu padre me ha dicho que ahora se le ha presentado una segunda oportunidad para demostrártelo.

–¿Te ha dicho eso? –preguntó ella atónita.

–Sí.

–¿Y que no está demente?

–No –Luca sonrió–. Sólo está desinhibido. Y yo también.

Luca se la quedó mirando a los ojos con expresión seria y añadió:

–Emma, te amo. Siempre te he querido y siempre te querré. El día que nos conocimos, por la noche, a la vuelta de París, estaba sentado en el sofá viendo esa serie de televisión de detectives y pensando que tú también la estarías viendo. Y me imaginé a mí mismo pasando todas las tardes contigo durante el resto de mi vida.

Luca la vio ruborizarse.

Y Emma pudo sentirlo, pudo sentir el calor de ese amor ahuyentando el miedo y la soledad, bañándola en una luz cálida y dorada de infinita comprensión.

–Y las pasarás. Y durante el resto de nuestras vidas podrás dormir a mi lado todas las noches.

–Siempre estaré a tu lado –declaró Luca.

Y lo estaría, Emma lo sabía. Luca estaba con ella, estaría con su hijo y por fin tendría la familia que siempre había deseado tener.

–Vamos –susurró ella–, vamos a decírselo a mi padre.

Epílogo

POR FIN era madre.

—¡Es una niña! —anunció el médico, porque Luca estaba ahí de pie inmóvil con expresión ilegible viendo cómo su esposa abría los brazos hacia su hija.

Él había esperado que fuera niño, pero no por viejos temores, sino porque Emma había tenido miedo de que fuera niña.

Y se quedó mirando a aquella diminuta dama, tan pequeña y tan frágil, y comprendió los temores de su esposa porque eran los mismos que los suyos. Su hija era lo más precioso del mundo y tenían que ser buenos padres.

—Una niña... —Luca tomó a su hija en los brazos y la acunó. Entonces, cuando se aseguró de que Emma estaba preparada, se la pasó y se quedó mirando cómo la madre daba de mamar a la niña.

Vio a su esposa convertirse en madre de su hija.

La matrona limpió y luego abrió las cortinas, dejando entrar el amanecer de un día glorioso en la habitación.

—¡Qué mañana más hermosa para ser madre!

–exclamó la matrona, y se marchó para dejarlos solos.

La niña chupaba el pezón de su madre emitiendo ahogados ruidos y Emma la contemplaba.

Las niñas eran diferentes.

Las niñas necesitaban cariños y mantas y algo más, algo que a ella le había sido negado y que había jurado que a su hija no le faltaría.

–Si algo me pasara...

Luca se hizo eco de los temores de Emma. Le habría resultado muy fácil no darle importancia, pero no podía hacerle eso a ella.

–Tendría a Daniela, a mi madre, a Evelyn y a las gemelas que Evelyn está esperando... Estaría rodeada de gente –Luca miró a su hija–. Pero, sobre todo, sabría todo respecto a ti y sabría lo mucho que yo te quería y lo mucho que la quiero a ella.

Luca disipó todas sus dudas y temores.

–¿Y ahora qué? –preguntó Emma, porque lo tenía todo en esa habitación. Lo tenía todo y no sabía qué hacer.

–¿Le ponemos un nombre? –Luca sonrió–. ¿Quieres ponerle el nombre de tu madre?

–No –admitió Emma–. ¿Y tú quieres ponerle el nombre de la tuya?

–No –respondió Luca.

Luca había perdonado a Mia y le alegraba que estuviera saliendo con Leo, pero todavía no había asimilado del todo la situación. Ni siquiera sabía qué hacer con su apellido.

–Aurora –dijo Emma.

–¿Aurora? –Luca repitió la palabra mentalmente–. Significa amanecer...

–Y el principio de algo –añadió Emma.

Sí, aquello era el principio de algo.

El principio de una nueva vida.

Bianca™

Pretendía vengarse llevándosela a la cama...

La temible reputación de Dimitri Kyriakis no deja la menor duda sobre lo implacable que puede ser en una sala de juntas. Pero el principal asunto en la agenda personal de este magnate es algo muy personal: quiere vengarse de su padre. Andreas Papadiamantis.

¿Y qué mejor manera de hacerlo que seduciendo a Bonnie, el último juguete de Andreas? La inocente Bonnie había sido contratada como enfermera de Andreas, pero Dimitri se niega a creer que no esté buscando una parte de la fortuna familiar.

Sólo después de hacer el amor con ella descubre que había estado diciendo la verdad...

La amante inocente del griego

Diana Hamilton

Acepte 2 de nuestras mejores novelas de amor GRATIS

¡Y reciba un regalo sorpresa!

Oferta especial de tiempo limitado

Rellene el cupón y envíelo a

Harlequin Reader Service®
3010 Walden Ave.
P.O. Box 1867
Buffalo, N.Y. 14240-1867

¡Sí! Por favor, envíenme 2 novelas de amor de Harlequin (1 Bianca® y 1 Deseo®) gratis, más el regalo sorpresa. Luego remítanme 4 novelas nuevas todos los meses, las cuales recibiré mucho antes de que aparezcan en librerías, y factúrenme al bajo precio de $3,24 cada una, más $0,25 por envío e impuesto de ventas, si corresponde*. Este es el precio total, y es un ahorro de casi el 20% sobre el precio de portada. ¡Una oferta excelente! Entiendo que el hecho de aceptar estos libros y el regalo no me obliga en forma alguna a la compra de libros adicionales. Y también que puedo devolver cualquier envío y cancelar en cualquier momento. Aún si decido no comprar ningún otro libro de Harlequin, los 2 libros gratis y el regalo sorpresa son míos para siempre.

416 LBN DU7N

Nombre y apellido	(Por favor, letra de molde)
Dirección	Apartamento No.
Ciudad	Estado Zona postal

Esta oferta se limita a un pedido por hogar y no está disponible para los subscriptores actuales de Deseo® y Bianca®.
*Los términos y precios quedan sujetos a cambios sin aviso previo.
Impuestos de ventas aplican en N.Y.

SPN-03   ©2003 Harlequin Enterprises Limited

Deseo™

Aventura secreta

MAYA BANKS

Tras una increíble noche de pasión, Jewel Henley descubrió que el exótico extranjero que la había vuelto loca era su nuevo jefe, Piers Anetakis. Y antes de poder ofrecerle una explicación, se encontró sin trabajo… y embarazada. Cinco meses después, Piers al fin dio con ella. Decidido a explicarle los errores cometidos, se encontró con una innegable evidencia: Jewel estaba embarazada de su hijo. Su honor griego le exigía pedirle matrimonio pero, ¿había entre ellos algo más que lujuria? ¿Bastaría para que su matrimonio de conveniencia durase?

Embarazada del magnate

Bianca

Él era príncipe del desierto… y padre de su hijo

Lucy Banks llegó al país de Biryal, en medio del desierto, llevando consigo un secreto. Pero al ver en su palacio al jeque Khaled, el hombre que una vez la había amado, se quedó abrumada por la opulencia de su entorno.

Khaled es ahora un príncipe del desierto, sus ojos más oscuros y severos que antes, su expresión más sombría. Ya no es el hombre al que conoció y amó una vez.

Y aunque querría escapar de su abrumadora masculinidad, Khaled y ella están unidos para siempre… porque él es el padre de su hijo.

Hijo del desierto

Kate Hewitt

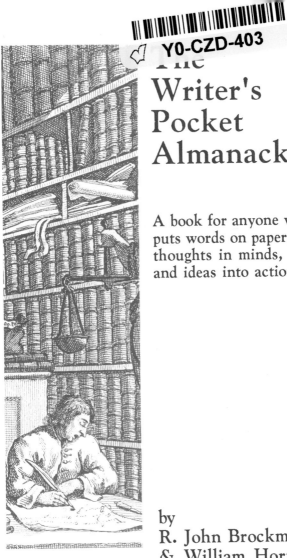

The Writer's Pocket Almanack

A book for anyone who
puts words on paper,
thoughts in minds,
and ideas into action.

by
R. John Brockmann
& William Horton

Cover design & illustration: Gloria Garland

Printed in the United States of America

10 9 8 7 6 5 4 3 2 1

ISBN 0-931137-08-X

INFO

BOOKS

P.O. Box 1018
Santa Monica
California 90406

Dedication

This book is dedicated to the memory of Benjamin Franklin whose *Poor Richard's Almanack* inspired it and to the men and women who put words on paper, thoughts in minds, and ideas into action. Like *Poor Richard's Almanack*, it is a collection of quotations, aphorisms, and tidbits of wisdom, some of them original.

Contents

Contents

Contents

A Word Of Explanation

In this almanack amongst the maxims and aphorisms, which traditionally appear in such publications, five types of boxed items have been added for your edification:

Graphics

Mal Mots - Writing principles demonstrating truth by their own errors.

Broken Quill Awards - Bad examples of contemporary writing collected from around the earth.

Great Moments In Writing - A collection of true historical acts that forever changed the writing profession.

Veni, Vidi, Scripsi - A collection of appropriate Latin aphorisms or maxims in translation.

Accuracy

A little inaccuracy saves a world of explanation.
— C. E. Ayers

I do not mind lying, but I hate inaccuracy.
— Samuel Butler

All the historical books which contain no lies are extremely tedious.
— Anatole France

In any type of writing, no sentence can be both accurate and grammatical when written after 4:30 on Friday. However, the error will be obvious by the first coffee break on Monday.
— "Horton's Laws"

Among the quill-pen set, elegance is more precious than accuracy.
— "Horton's Laws"

Get your facts first, and then you can distort them as much as you please.
— Mark Twain

" As a matter of fact" precedes many a statement that isn't.
— Mark Twain

A lie can run around the world before the
truth can get its boots on.

— James Watt

Once you get it grammatically correct, you'll
find it's technically inaccurate. And vice
versa.

— "Horton's Laws"

Do not say all that you know, but always
know what you say.

— Gaius Caesar Claudius

The great masses of people . . . will more
easily fall victim to the great lie than to a
small one.

— Adolf Hitler

Obviously a man's judgment cannot be better
than the information on which he has based
it. Give him the truth and he may still go
wrong when he has the chance to be right, but
give him no news or present him only with
distorted and incomplete data, with ignorant,
sloppy or biased reporting, with propaganda
and deliberate falsehoods, and you destroy his
whole reasoning process, and make him
something less than a man.

— Arthur Hays Sulzberger

To an advertiser, an ounce of sizzle is worth a pound of truth.
— "Horton's Laws"

Truth won't stick to glossy paper.
— "Horton's Laws"

The great enemy of clear language is insincerity.
— George Orwell

Never lose your sense of the superficial.
— Viscount Northcliff, advising journalists

Arrangement

If a man can group his ideas, he is a good writer.
— Robert Lewis Stevenson.

Thinking means shuffling, relating, selecting the contents of one's mind so as to assimilate novelty, digest it, and create order.
— Jacques Barzun

People who cannot put strings of sentences in good order cannot think.
— Richard Mitchell,
the Underground Grammarian

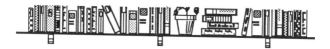

Broken Quill Award

Applicant is employed by a car dealership. He does no manual-type work, no mechanical work, no delivery work, and no sales. He is the manager.

— Report by insurance investigator

Audience

If you really want to help the American theater, don't be an actress, darling. Be an audience.

— Tallulah Bankhead

In Hollywood the woods are full of people that learned to write but evidently can't read. If they could read their stuff, they'd stop writing.

— Will Rogers

The only unchanging rule in technical communication is that the audience is always right.

— R. John Brockmann

Try believing your readers: not so you are stuck with their view forever, but so you can see your writing through their eyes.

— Peter Elbow, *Writing with Power*

The audience is always a fiction.

— Walter Ong

How you write to people depends upon who you think they are.

— Terry Bacon

Mal Mots

The Principles of Poor Writing

It is surprisingly easy to acquire the usual trick of poor writing . . . If the proposed title, for example, means something to you, stop right there, think no further. If the title baffles the reader, you have won the first round.

— Paul W. Merrill

It is never simply a question of imparting information, but of statement and response. It is only in this twofold process that true thought emerges.

— Ernst Cassirer

You can't give readers a finished product no matter how much you want to—any more than a playwright can actually send a live play through the mail. She can only send the script—a set of directions for producing the play.

— Peter Elbow, *Writing with Power*

As in the sexual experience, there are never more than two persons present in the act of reading—the writer who is the impregnator, and the reader who is the respondent.

— E. B. White

Of these things put them in remembrance, charging them before the Lord that they strive not about words to no profit, but to the subverting of the hearers.

— *Second Letter to Timothy*

Take the tone of the company you are in.

— Lord Chesterfield

Let blockheads read what blockheads write.

— Lord Chesterfield

Think not because 'tis understood
By men of sense, 'tis good.
Make it so clear and simply planned
No blockhead can misunderstand.

— Adlai Stevenson

Write a manual that an idiot can understand
and only an idiot will. The author.
> — "Horton's Laws"

No one can write decently who is distrustful
of the reader's intelligence, or whose attitude
is patronizing.
> — E. B. White

Think like a wise man but communicate in
the language of the people.
> — William Butler Yeats

A good portion of user responses to a
situation revolve not around what happened,
but what they expected to happen.
> — Jack Crenshaw

We tend to perceive what we want to
perceive.
> — Adelbert Ames

A reader can receive more information and understand it better if the information is in an expected and familiar form.

— John Mitchell,
Handbook of Technical Communication

The greatest art of the writer consists in availing himself to the greatest advantage of that knowledge which the reader possesses in common with himself.

— John S. Hart

Mal Mots

"How to Write Like A Social Scientist"

Rule 4 - Put the obvious in terms of the unintelligible.

Rule 5 - Announce what you are going to do before you do it.

— Samuel T. Williamson, *Saturday Review*

The two most engaging powers of an author are to make new things familiar, familiar things new.

— William Makepeace Thackeray

Power [in writing] means the power to make a difference, to make a dent. When people call a piece of writing excellent, sometimes

what they really mean is that it makes no
dent at all, it merely confirmed them in their
prior thoughts and feelings.
— Peter Elbow, *Writing with Power*

The writer steers, sitting in the stern, facing
forward; the reader does all the work, rowing
and also facing backward without even
knowing where she is going till she gets there.
— Peter Elbow, *Writing with Power*

I sometimes think that writing is like driving
sheep down a road. If there is any gate to the
left or right, the readers will most certainly go
into it.
— C. S. Lewis

A good talker or writer is only a pitcher.
Unless his audience catches him with heart
and mind, he's defeated.
— Wilson Mizner

Broken Quill Award

His activities today are "almost a 360-
degree turn" from the life he knew in the
Ukraine, Walter said in a rare interview.
— Cincinnati *Post*

Mal Mots

How to Write Technical Articles

(1) Use words which mean only what you want them to mean and don't let on to the perplexed reader.

(2) Always expound in pompous polysyllables employing current buzz-words and expostulating with circumlocutory verbosity.

(3) Synthesize ingenious concatenations of sonorous phrases with negligible congruity.

(4) Use surreptitious recourse to arcane etymology to inculcate an impression of coruscating erudition.

(5) Compound your syntax with ambivalent and equivocal periphrasis to attain esoteric obfuscation.

(6) Resort to immutable quantifications to purvey an aura of punctilious erudition.

(7) Sporadically resuscitate your reader from somnolent stupor by bombastic superlatives and fustian imperatives.

(8) Intersperse your thematic opus with technological nomenclature without terminological redundancies to promote extirpating turbidity and deleterious opacity.

(9) Preclude untenable allegations which can be repudiated by fractious readers, incensed enough to do so, with opprobrious effects to yourself.

— Jack Eliezer, *Selected Papers of
The Journal of Irreproducible Results*

Books cannot always please, however good;
Minds are not ever craving for their food.
— George Crabbe

The most immutable barrier in nature is
between one man's thoughts and another's.
— William James

Bad Writing

Bad reports and manuals get written not
merely because the authors don't have
adequate command of style, but because they
don't select, interpret, or write for people.
— Russell Ritter

Your manuscript is both good and original;
but the part that is good is not original, and
the part that is original is not good.
— Samuel Johnson

Broken Quill Award

From the French:

The weapons loader puts the weapon in
firing position and let have the rockets
collected near the loader in order to have
the weapon supplied with them in the best
conditions of rapidity.

We have read your manuscript with boundless delight. If we were to publish your paper, it would be impossible for us to publish any work of lower standard. And as it is unthinkable that in the next thousand years we shall see its equal, we are, to our regret, compelled to return your divine composition, and to beg you a thousand times to overlook our shortsight and timidity.

> — *Financial Times* quote of a
> rejection slip from a
> Chinese economics journal

Authors have established it as a kind of rule, that a man ought to be dull sometimes; as the most severe reader makes allowances for many rests and nodding-places in a voluminous writer.

> — Joseph Addison

Broken Quill Award

Today, as many as 70 million Americans suffer from [headaches] on a regular basis, and because of them patients make about 18 million visits to a doctor.

> — Cincinnati *Post*

The effect of a parade of sonorous phrases
upon human conduct has never been
adequately studied.
— Thurman W. Arnold

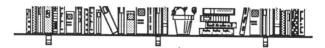

The printing press is either the greatest blessing or the greatest curse of modern times, one sometimes forgets which.

— Sir James Barrie

Great Moments in Writing
1499

Aldine Press produces a book in which each page is numbered in sequence.

What other trade is there in the world so many-sided, with the power to engage so many different faculties and to perform so many different services to mankind?

— Geoffrey Farber,
Address to British Booksellers, 1931

Learning hath gained most by those books which the printers have lost.

— Thomas Fuller

There is a great discovery still to be made in Literature, that of paying literary men by the quantity they do not write.

— Thomas Carlyle

An inveterate and incurable itch for writing
besets many and grows old in their sick
hearts.
— Juvenal

Against the disease of writing one must take
special precautions, since it is a dangerous
and contagious disease.
— Peter Abelard

Broken Quill Award

For choice in acronyms:

ACNE	Alaskans Concerned for Neglected Environments
GOO	Get Oil Out (anti-oil-drilling group)
FOE	Friends of the Earth
ROAR	Regional Organization for Airways Restudy
OOPS	Office for Operations in Political Systems (also, Off-line OPerating Simulator)
ASSASSIN	Agricultural System for Storage and Subsequent Selection of INformation
ACHE	Alabama Commission on Higher Education

As writers become more numerous, it is natural for readers to become more indolent.
— Oliver Goldsmith

Only two classes of books are of universal appeal: the very best and the very worst.
— Ford Maddox Ford

Any idea that can be miscommunicated, has already been miscommunicated. Many times.
— "Horton's Laws"

Nature, not content with denying him the ability to think, has endowed him with the ability to write.
— A. E. Housman

A bad book is as much of a labor to write as a good one; it comes as sincerely from the author's soul.
— Aldous Huxley

A bad book is generally a very easy book, having been composed by its author with no labor of mind whatever; whereas a good book, though it be not necessarily a hard one, yet since it contains important facts, duly arranged, and reasoned upon with care, must require from the reader some portion of the same attention and study to comprehend and

profit by it, as it required from the author to compose it.
— Peter Mere Latham

It is difficult to comment on this [bad] writing, and dangerous as well, since too much attention to this sort of thing may well overthrow the mind.
— Richard Mitchell,
the Underground Grammarian

The Flip Test.
A manual that sends you flipping from page to page to find information is a bad manual. At the very least the author did not think to structure the manual the way it would be used, and more likely the flipping is symptomatic of many other problems.
— Edmond Weiss

A best-seller is the gilded tomb of a mediocre talent.
— Logan Pearsall Smith

There is no such thing as a moral or an immoral book. Books are well written, or badly written. That is all.
— Oscar Wilde

Beginnings

The worst place to begin writing is in the beginning.

— Anonymous

The last thing that we find in making a book is to know what we must put first.

— Blaise Pascal

The overview is the most difficult part of a document to write.

— Sandra Pakin & Associates

Broken Quill Award

From the Italians:

Mistrust any grease nipple that refuses to accept grease from the beginning.

&

Seat the male part equipped with seal into the female part.

"Where shall I begin, please your Majesty?"
he asked. "Begin at the beginning," the King
said gravely, "and go on till you come to the
end; then stop."
— Lewis Carroll, *Alice's Adventures in Wonderland*

The most important sentence in any article is
the first one. If it doesn't induce the reader to
proceed to the second sentence, your article is
dead. And if the second sentence doesn't
induce him to continue to the third sentence,
it is equally dead.
                    — William Zinsser, *On Writing Well*

Books

If the whole be greater than a part, a whole
man must be greater than that part of him
which is found in a book.

— Edward Bulwer-Lytton

'Tis pleasant, sure to see one's name in print;
A book's a book, although there's nothing
in 't.

— Lord Byron

All the world knows me in my book, and my
book in me.

— Michel Eyquem De Montaigne

Camerado, this is not a book,
Who touches this touches a man.

— Walt Whitman

Mal Mots

A preposition is a bad thing to end a
sentence with.

And a conjunction is a bad thing to begin
one with.

Great Moments in Writing
1286

Indexes seem to have been valued at times for their beauty and mystery rather than for their utility. In 1286, a Genoese compiler could marvel at the alphabetical catalog he had devised as due not to his own prowess but "the grace of God working in me."

— Walter Ong,
Orality and Literacy

Child! do not throw this book about;
Refrain from the unholy pleasure
Of cutting all the pictures out!
Preserve it as your chiefest treasure.
— Hilaire Belloc, *A Bad Child's Book of Beasts*

As good almost kill a man as kill a good book: who kills a man kills a reasonable creature, God's image; but he who destroys a good book kills reason itself.

— John Milton

I do then with my friends as I do with my books. I would have them where I can find them, but I seldom use them.
— Ralph Waldo Emerson

A good book is the best of friends, the same today and forever.

— Martin Farquhar Tupper

Where is human nature as weak as in a bookstore?

— H. W. Beecher

> Great Moments in Writing
> 1587
>
> The Stationer's Company in England limits the printing of editions to 1,500 copies excepting only prayer books, statutes and proclamations, calendars, grammars, and almanacks.

Does it afflict you to find your books wearing out? I mean literally. . . . The mortality of all inanimate things is terrible to me, but that of books most of all.

— William Dean Howells

One cannot begin too soon to buy one's own books, if for no other reason (and there are many more) than the freedom which they give you to use their fly-leaves for your own private index of those matters in their pages which are particularly yours, those things which the index-makers never by any

possibility include. To be able to turn at will, in a book of your own, to those passages which count for you, is to have your wealth at instant command, and your books become a record of your intellectual adventures.
— John Livingston Lowe, *Of Reading Books*

Man builds not structure which outlives a book.
— Henry David Thoreau

The flesh is sad, alas, and I have read all of the books.
— Stephene Mallarme

Retirement without the love of letters is a living burial.
— Seneca

Give a man a pipe he can smoke,
Give a man a book he can read:
And his home is bright with a calm delight,
Though the room be poor indeed.
— James Thomson

Oh for a book and a shady nook, either in door or out.
— John Wilson

Dreams, books, are each a world;
　　and books, we know,
Are a substantial world, both pure and good.
　　　　　— William Wordsworth

Books are the legacies that a great genius
leaves to mankind, which are delivered down
from generation to generation, as presents to
the posterity of those who are yet unborn.
　　　　　— Joseph Addison

Broken Quill Award

With a view to determining future
directions for the development of more co-
ordinated and comprehensive assessment,
the Department will be seeking to
establish, in co-operation with other
interested Commonwealth and State
agencies, the extent and pattern of present
assessment services and to ascertain the
effectiveness of various assessment models.
　　— Australian Department of
　　　　Community Services circular

It is chiefly through books that we enjoy
intercourse with superior minds. . . . In the
best books, great men talk to us, give us their
most precious thoughts, and pour their souls
into ours. God be thanked for books. They

are the voices of the distant and the dead, and make us heirs of the spiritual life of past ages. Books are true levelers. They give to all, who will faithfully use them, the society, the spiritual presence, of the best and greatest of our race.

— William Ellery Channing

My Book and Heart
Must never part.

— *The New England Primer*.

Books are not absolutely dead things, but do contain a potency of life in them to be as active as that soul was whose progeny they are; nay, they do preserve as in a vial the purest efficacy and extraction of that living intellect that bred them.

— John Milton

A good book is the precious life-blood of a master-spirit, embalmed and treasured up on purpose to a life beyond death.

— John Milton

Books are embalmed minds.

— C. N. Bovee

Brevity

Agencies shall reduce excessive paperwork by
. . . preparing analytic rather than
encyclopedic environmental impact
statements.
> — Regulations for Implementing the
> Procedural Provisions of the
> National Environmental Policy Act

Mal Mots

How to Write Official

Start with a simple statement.
1. Put it in the passive voice and dilute the
   responsibility.
2. Expand with terminology that does not add
   meaning.
3. Build in noun strings.
4. Add a qualifier of uncertain relation to the
   original statement.
5. Add noun strings and qualifiers to the
   qualifier.
6. Separate related words.
7. Equivocate.
8. Obfuscate.
9. Cover you tracks, make yourself look good.
> — Gerald Grow, *Journal of Systems Management*

Drowning problems in an ocean of
information is not the same as solving them.
— Ray E. Brown

For brevity is very good,
Where we are, or are not understood.
— Samuel Butler

. . . A man with the gift of compressing the largest amount of words into the smallest amount of thoughts.
> — Winston Churchill,
> speaking of Ramsay MacDonald

He can compress the most words into the smallest idea of any man I ever met.
> — Abraham Lincoln

The most valuable of all talents is that of never using two words when one will do.
> — Thomas Jefferson

The author should gaze at Noah, and . . . learn, as they did in the Ark, to crowd a great deal of matter into a very small compass.
> — Sydney Smith, *Edinburgh Review*

Let thy speech be short, comprehending much in few words.
> — *Book of Ecclesiastics*

One always tends to overpraise a long book, because one has got through it.
> — E. M. Forster, *Abinger Harvest*

Less is more, in prose as in architecture.
> — Donald Hall

Less is more only when it is recognized that the more one eliminates, the greater is the importance of refining that which remains.

— Lewis Mumford

The more things a publication tries to explain, the fewer things it does explain.

— "Horton's Laws"

There is need of brevity that the thought may run on.

— Horace

The ease of use of a product is inversely proportional to the length of its instruction manual.

— "Horton's Laws"

But what is the use of brevity, tell me, when there is a whole book of it?

— Martial

It is my ambition to say in ten sentences what everyone else says in a whole book—what everyone else does not say in a whole book.

— Friedrich Wilhelm Nietzsche

The importance of a scientific work can be measured by the number of previous publications it makes superfluous to read.

— David Hilbert

What a long time you take to say nothing,
Cinna!

— Martial

Broken Quill Award

On information overload:

The following letter in a child's scrawl was sent to the author of a child's book which exhaustively described penguins:

Dear Sir,
I am returning your book about penguins because it told me more about penguins than I wanted to know.
— Chris Morgan, *Byte* magazine

All art is knowing when to stop.

— Toni Morrison

The secret of being a bore is to tell
everything.

— Voltaire

I apologize for the long letter; I didn't have
time to shorten it.

— Pliny the Younger

Broken Quill Award

I must apologize for the quality of the typed
manuscript. My secretary's horoscope
advised her against working today.

— letter to the editor of
The Maroon (U. of Chicago)

It is harder to boil down than to write.

— Sir William Osler

Not that the story need be long, but it will
take a long while to make it short.

— Henry David Thoreau

As man is now constituted, to be brief is
almost a condition of being inspired.

— Santayana

When words are scarce they are seldom spent
in vain.

— Shakespeare

Be brief; for it is with words as with sunbeams, the more they are condensed, the deeper they burn.

— Robert Southey

Broken Quill Award

From a professional technical writing journal:

"Specifically, since technical writing is tied to the traditions of science and technology, it is tied also to its terminologies and jargons; thus, rather than being at all dull, it tends to abound with long Latinized and Greek, 'buzz-phrases' familiar to the insider, colorful concrete and particular nouns rather than their duller abstract cousins, active verbs which mirror the action of mechanical devices rather than the more stolid and prosaic passive variety, and complex and compound-complex sentence and paragraph structures which illustrate the process analysis of engineered systems at work."

Conversation is but carving!
Give no more to every guest,
Than he's able to digest.
Give him always of the prime,

And but little at a time.
Carve to all but just enough,
Let them neither starve nor stuff,
And that you may have your due,
Let your neighbor carve for you.
— Jonathan Swift

Veni, vidi, scripsi

Adde parvum parvo magnus acervus erit.
[Add little to little and there will be a big
pile.]   — Ovid

Whenever you can shorten a sentence, do.
And one always can. The best sentence?
The shortest.
— Gustave Flaubert

Efficiency of communication is inversely
proportional to the number of pages.
— "Horton's Laws"

On information overload: Remember, most
houseplants in the U.S. are killed by
overwatering.
— R. John Brockmann

The probability of someone reading something is inversely proportional to the cube of its length.
— "Horton's Laws"

There is nothing more requisite in business than dispatch.
— Joseph Addison

No one reads all of a two-page memo.
— "Horton's Laws"

90% of the time
90% of the readers can find
90% of what they want to know
in a reference card.
— R. John Brockmann

He multiplieth words without knowledge.
— *Book of Job*

I have the conviction that excessive literary production is a social offence.
— George Eliot

Censorship

Unfortunately it has been our experience that there is a distinct affinity between fools and censorship. It seems to be one of those treading grounds where they rush in.
— Heywood Broun

If I loosen my bridle on the press, I shall not stay in power for three months.
— Napoleon

Mal Mots
Always write in complete sentences. Always.
Check carefully for mispellings.
Profanity has no place in writing, damn it!
Remember to never split an infinitive.

> ### Great Moments in Writing
> ### 1810
>
> In the hour after dinner, unless that had been a state affair, Napoleon used to glance over new books, throwing those which did not interest him upon the floor or into the fire. When on the road, it was the Emperor's usual practice to pitch ephemeral literature, and books which did not please him, out of the windows of his carriage.
> — James Westfall Thompson,
> *Byways in Bookland*

The censor is usually a man who has been severely repressed as a child, practices self-repression as an adult, and wants others to suffer as he did and does.

— Eli M. Oboler

Censorship reflects a society's lack of confidence in itself. It is a hallmark of an authoritarian regime.
— Potter Stewart, U. S. Supreme Court

As it is an ancient truth that freedom cannot be legislated into existence, so it is no less obvious that freedom cannot be censored into existence. And any who act as if freedom's

defenses are to be found in suppression and suspicion and fear, confess a doctrine that is alien to America.

— Dwight D. Eisenhower

Freedom of the press belongs to those who own one.

— A. J. Liebling

Clarity

Except ye utter by the tongue words easy to be understood, how shall it be known what is spoken? For ye shall speak into the air.

— *First Letter to the Corinthians*

Great Moments in Writing
1967

In commenting on the first appearance of his Instant Buzzword Generator in an issue of *Newsweek*, Philip Broughton of the U.S. Public Health Service noted "No one will have the remotest idea of what you're talking about when you use these expressions. But the important thing is that they're not about to admit it."

Those who write clearly have readers: those who write obscurely have commentators.
— Albert Camus

It is clever, of course, to be clever
And good, of course, to be good
But when you're so frightfully clever
As seldom to be understood
T's sad, though if anything sadder
Not to be quite as good as you should.
— Lewis Carroll

If you can't convince, then confuse. If you can't bedazzle, then baffle.
— "Horton's Laws"

Rules for Successful Writers. Write to express, not impress.
— Hewlett Packard style guide

Mal Mots

Never use no double negatives no way.

Make sure verb and subject agrees.

Mal Mots

"Rattle"

One particular effective technique in using acronyms is selection of a common one with two different meanings.

Draw conclusions, "it obviously follows" without an intermediate explanation as to the thought processes required to reach the conclusion.

Quote theories/models taken from publications outside your profession; of course, you should not explain the theory and be vague about the publication from which it was obtained.

It is inadvisable to give sufficient information, when quoting references, to permit the reader to actually locate such references. Quote only the title and author.

— F. H. Ames, *Selected Papers of The Journal of Irreproducible Results*

D'abord la clarté puis encore la clarté, et enfin la clarte. (Clarity first, last, and always.)
— Anatole France

There are all kind of clarities.
— Richard Lanham, *Style: An Anti-text*

Clearly spoken, Mr. Fogg. You explain
English by Greek.

— Benjamin Franklin

The vital difference between a writer and
someone who merely is published is that the
writer seems always to be saying to himself,
as Stendhal actually did, "If I am not clear,
the world around me collapses."

— Alfred Kazin

What we have now is a tedious, repetitive,
unoriginal body of dogma—clarity, sincerity,
plainness, duty—tarted up every week in a
new disposeable paperback dress. The dogma
of clarity . . . is based on a false theory of
knowledge; its scorn of ornament, on a
misleading taxonomy of style; the frequent
exhortations to sincerity, on a naive theory of
the self; and the unctuous moralizing, on a
Boy Scout didacticism.

— Richard Lanham, *Style: An Anti-text*

Care should be taken not that the hearer may
understand, but that he must understand.

— Quintilian

Broken Quill Award

Dean Alford in his "Plea for the Queen's English" had this to say:

"Two other words occur to me which are very commonly mangled by our clergy. One of these is 'covetous' and its substantive 'covetousness.' I hope some who read these lines will be induced to leave off pronouncing them 'covetous' and 'covetousness.' I can assure them that when they do thus call them, one at least of their hearers has appreciation of their teaching disturbed."

Mr. Moom has shown mathematically that the above quote is capable of 10,240 different meanings.

Verbal awareness, not moral exhortation, finds the way to clarity in prose.
— Richard Lanham, *Style: An Anti-text*

Clarity, then, as an ever closer approximation of sentence to concept, involves a surrender to words as well as a victory over them.
— Richard Lanham, *Style: An Anti-text*

There is no Heaven but clarity, no Hell
except confusion.

— Jan Struther

Clichés

At the beginning there was the WORD—at
the end just the Cliché.

— Stanislaw J. Lem

Man is a creature who lives not upon bread
alone but principally by catchwords.

— Robert Louis Stevenson

Coauthors

The quality of prose is inversely proportional to the number of coauthors.

— "Horton's Laws"

Great Moments in Writing
1247

Hugo de St. Caro compiles the first index of the Bible with the help of 500 monks.

Content

Who is this that darkeneth counsel by words without knowledge.

— Book of Job

It is a great art to know how to sell wind.
— Confucius

Mal Mots

When you have nothing to say, say it.

The learned fool writes his nonsense in better language than the unlearned, but still 'tis nonsense.

— Benjamin Franklin

Rule zero: Have something to say.
— "Horton's Laws"

A morsel of genuine history is a thing so rare as to be always valuable.

— Thomas Jefferson

My words fly up, my thoughts remain below:
Words without thoughts never to heaven go.
— William Shakespeare, Hamlet

The saying is true, The empty vessel makes
the loudest sound.
— William Shakespeare, *King Henry V*

He who has nothing to assert has not style
and can have none.
— George Bernard Shaw

Costs

The composition-imposition-makeready cost
per copy of a certain book of 250 printed
pages would be 84 cents, if the book were
printed in an edition of only 500 copies; and
the presswork would be 3 1/2 cents per copy.
However, if the edition was 10,000 copies, the
composition-imposition-makeready cost
would be only 4 cents; and their presswork
would be a little more than 2 cents a copy.
This accounts for the high prices of books
which are printed in small quantities. So far
this year we have published 15 books. The
average list price is $2.15. The average
number of pages is 194. The average cost per
page is $0.0111, which is closest to the penny-
a-page ideal.
— *The Pleasures of Publishing,*
  Columbia University Press (circa 1930)

According to the National Office
Management Association, the cost of

producing one typewritten page ranges from
$7 to $12, depending on the subject matter
and the number of managers who have to
approve the correspondence.

— Yvonne Lewis Davis

Covers

The quality of the text varies inversely with
the opulence of the cover.

— "Horton's Laws"

> Veni, vidi, scripsi
>
> On boxed small format manuals:
>
> Franti nulla fides. [No reliance can be
> placed on appearance.]

There are books of which the backs and
covers are by far the best parts.
— Charles Dickens

Mal Mots

Use as many different typefaces in your cover, title page, headings, and text as you have available.

If your headings are typed in all caps on a typewriter, space two or three times between each letter. This will magically make each letter look larger.

When designing the spine for a binder, arrange the letters vertically, one on top of the other. After all, the Chinese have written this way for centuries.

Print the title of your manual from the bottom of the spine toward the top. No major publisher prints spines this way, but just think of the novelty when you lay the manual flat on the desk to use it, and the title on the spine is now upside down.

Credit

Professional status . . . is not conferred, it is earned.

— Sandra Pakin & Associates

Writers get and deserve credit. Editors frequently get thanked by the author. The

poor proofreader only gets noticed when things go awry.

— Bev Hughes

Definitions

For the true meaning of a term is to be found by observing what a man does with it, not by what he says about it.

— P.W. Bridgman

I hate definitions.

— Benjamin Disraeli

I could no more define poetry than a terrier can define a rat.

— A. E. Housman

[Asked to define "New Orleans jazz"] Man, when you got to ask what it is, you'll never get to know.

— Louis Armstrong

Editing

The amount of criticism of a publication is proportional to its true value.

— "Horton's Laws"

A good editor has a heavy hand and a cold
ear, low animal cunning, a killer instinct.
— Carl M. Johnson

Dear Reviewers:

If you see a statement that is dead wrong,
don't be surprised or upset. Misstatements
generally result from a lack of correct
information, the writer must often simply

"take a shot at it." Don't assume the writer is grossly negligent or untalented. Statements based on incomplete information are trial balloons.

Never add an exclamation point to your comments. There's no need to shout. Whenever you're tempted to add an exclamation point to your comments, bite your pen and count to ten.

Be constructive and specific. The writer is on your team. Suggest better ways to present material. If you have a manual with a good example of how you would like the information presented, show it to your writer. One concrete example is worth a whole afternoon of discussion.
> — *Tom Daoust, a writer,*
> *to his reviewers at Texas Instruments*

You need not put all reviewer comments into a text. Cream rises to the top, and incisive comments by concerned reviewers should take precedence over superfluous remarks. Most of all, keep your sense of humor.
> — Digital Equipment Corp. style guide

It is a very sad fact that people reviewing manuals seldom realize that a human being wrote the manual and may be hurt by their comments. The kindest people become

vitriolic on paper. . . . Remember, if you get mad—break three 2B pencils.
— Hewlett Packard style guide

Broken Quill Award

In the "Everyone needs an editor" Department:

Tom Foote noted in a *Time* magazine article that Hitler's *Mein Kampf* was originally titled *Four-and-a-half Years of Struggle against Lies, Stupidity, and Cowardice.*

When we meet an apparent error in a good author, we are to presume ourselves ignorant of his understanding, until we are certain that we understand his ignorance.
— John S. Hart

For people who like that kind of a book—that is the kind of book they like.
— Abraham Lincoln, when asked an opinion

Anyone who can improve a sentence of mine by the omission or placing of a comma is looked upon as my dearest friend.
— George Moore

Documenters who see their documents as
extensions of their egos will not be trying to
find all the errors in their documents. The
best documenter, therefore, is an egoless
documenter.

— R. John Brockmann

Diabolization—the art of finding fault and
being as carping as possible for the eventual
benefit of the work—was the technique used
to edit Somerset Maugham's books for 18
years.

— Ted Morgan, commenting on
Eddie Marsh, Maugham's editor

Editors are only people who do their best
thinking with other people's heads.
— Will Rogers

Some editors are failed writers, but so are most writers.
— T. S. Eliot

Early and thorough review can significantly reduce last minute changes.
— Sandra Pakin & Associates

Bad and indifferent criticism of books is just as serious as a city's careless drainage.
— Henry Major Tomlinson

Love truth but pardon error.
— Voltaire

No passion in the world is equal to the passion to alter someone else's draft.
— H. G. Wells

Law of survival: No editor has ever been known to hang himself, or jump off a cliff, as long as there was one more manuscript to edit.
— *Edpress News*

I expect the editor to accept all my papers, accept them as they are submitted, and publish them promptly. I also expect him to scrutinize all other papers with the utmost care, especially those of my competition.
— Dr. Wood, of the Mayo Clinic

Criticism comes easier than craftsmanship.
— Zeuxis, 400 B. C.

Beware the unscathed review draft. It is hiding a fatal flaw.

— "Horton's Laws"

If you think everyone will like it, no one will. If you think no one will like it, you are probably right.

— "Horton's Laws"

Eloquence

The finest eloquence is that which gets things done.

— David Lloyd George

Veni, Vidi, Scripsi

Nullem quod tetigit non ornavit. [He touched nothing he did not adorn.]
— Samuel Johnson, epitaph on Goldsmith as translator.

The primary purpose of eloquence is not to enable us to live our lives on paper—it is to convert life into its most thorough verbal equivalent.

— Kenneth Burke

Engineers and Writing

The most distasteful job that can be given to a programmer is requiring him to document his program.

— DoAnn Houghton Alico

> ## Broken Quill Award
>
> 3.3.12.3.2.2.10 POINTER SEQUENCE
> See paragraph 3.3.12.3.2.1.12
>
> — Australian Defence Dept. Manual

The man of science appears to be the only man who has something to say just now—and the only man who does not know how to say it.

— Sir James Barrie

No engineer or programmer ever finished his design before seeing the typeset, printed, and perfect-bound manual.

— "Horton's Laws"

Many managers share with their engineer-writers the belief that writing begins when one pulls some sheets of paper and a pencil out of one's desk.

— M. L. White

Mal Mots

Documentation is a necessary nuisance.

It's the deadline alone that counts.

Content doesn't matter as long as it looks good.

If it's right, it doesn't matter if it's not clear.

When in doubt, throw it out. They can't hang you for what you didn't write.

— Collected by American Institute for Professional Education

Errors and Typos

The complexity of the world is unlimited, and parts of it are always changing. Nothing we

say about it at any given moment is entirely true. Error is intrinsic and fundamental.
— Jaina philosophy of ancient India

The number of changes to the product is directly proportional to the expense and permanence of the binding of its instruction manual.
— "Horton's Laws"

Errors, like Straws, upon the Surface flow; He who would search for Pearls must dive below.
— George Bickman, *The Universal Penman*, 1733

Tomorrow every fault is to be amended; but that tomorrow never comes.
— Benjamin Franklin

A good manual today beats a perfect manual tomorrow.
— "Horton's Laws"

Sentences come and sentences go, but typos accumulate.
— "Horton's Laws"

Every reader will immediately find the typo that no proofreader could ever find.
— "Horton's Laws"

No typo ever goes away. It just moves somewhere else.

— "Horton's Laws"

A poet can survive everything but a misprint.
— Oscar Wilde

There's always one more typo.
— "Horton's Laws"

Veni, Vidi, Scripsi

Quandoque bonus dormitat Homerus. (Sometimes even good Homer sleeps—meaning, sometimes even good writers are not always at their best.)
— Horace

The wise writer understands that errors appear in the work of the best writers and editors. Mistakes are to be learned from, not fretted over.

— Linda Miles

The worst sin of all is to do well that which shouldn't be done at all.
— Alexander Woollcott

The perfect is the enemy of the good.
— Anonymous

To err is human, but when the eraser wears out ahead of the pencil, you're overdoing it.
— J. Jenkins

Experience

It is much easier to sit at a desk and read plans for a billion gallons of water a day, and look at maps and photographs; but you will write a better article if you heave yourself out of a comfortable chair and go down in tunnel 3 and get soaked.
— Stewart Chase

Books must follow sciences and not sciences books.
— Sir Francis Bacon

The knowledge of the world is only to be acquired in the world and not in a closet.
— Lord Chesterfield

You can preach a better sermon with your life than with your lips.
— Oliver Goldsmith

Talkers are not good doers.
— William Shakespeare, *Richard III*

I wrote a book when impotent to fight a battle.

— Francesco D. Guerrazzi

He might be a very clever man by nature for aught I know, but he laid so many books upon his head that his brains could not move.

— Robert Hall

I profess both to learn and teach anatomy, not from books but from dissections; not from positions of philosophers but from the fabric of nature.

— William Harvey

If I had read as many books as other men, I should have been as ignorant as they are.

— Thomas Hobbes

To know what is academic. To know why is pedantic. To know how is talent.

— "Horton's Laws"

Knowledge is of two kinds; we know a subject ourselves or we know where we can find information upon it.

— Samuel Johnson

Nothing becomes real till it is experienced—even a proverb is no proverb to you till your life has illustrated it.

— John Keats

Rules for Successful Writers. You cannot describe the process unless you understand it.
— Hewlett Packard style guide

One thorn of experience is worth a whole wilderness of warning.
— James Russell Lowell

I possessed the book for years before I could make out what it meant. Indeed I did not fully understand it until I myself independently discovered most of what it contained.
— Bertrand Russell

War talk by men who have been in a war is always interesting, whereas moon talk by a poet who has not been in the moon is likely to be dull.
— Mark Twain

Experience is the child of Thought, and Thought is the child of Action. We cannot learn men from books.
— Benjamin Disraeli

Experience keeps a dear school, but fools will learn in no other.
— Benjamin Franklin

What signifies the knowing of Names, if you do not know the Natures of Things.
— Benjamin Franklin

Veni, vidi, scripsi

Felix qui potuit rerum cognoscere causas. [Fortunate is he who learns the causes of things.]
— Vergil

Knowledge and timber shouldn't be much used till they are seasoned.
— Oliver Wendell Holmes

Every man with a belly full of the classics is an enemy of the human race.
— Henry Miller

The soul that feeds on books alone—
I count that soul exceeding small
That lives alone by book and creed—
A soul that has not learned to read.
— Joaquin Miller

People say that life is the thing, but I prefer reading.
— Logan Pearsall Smith

Books are good enough in their own way, but they are a mighty bloodless substitute for life.
— Robert Louis Stevenson

There are some people who read too much:
the bibliobibuli. I know some who are
constantly drunk on books, as other men are
drunk on whiskey or religion. They wander
through this most diverting and stimulating
of worlds in a haze, seeing nothing and
hearing nothing.

— H. L. Mencken

Footnotes and Indexes

A sound policy regarding footnoting is to
avoid it.

— Digital Equipment Corp. style guide

Poor writing seems more prevalent in
footnotes on sensitive matters, such as
lawsuits lost or still in progress, or ventures

the business has abandoned with heavy
losses.
— John Tracey, *How to Read a Financial Report*

Don't use footnotes as graveyards for
extraneous information.
— Digital Equipment Corp. style guide

Those who write books without indexes ought
to be damned ten miles beyond Hell, where
the devil could not get for stinging nettles.
— Thomas Carlyle

Great Moments in Writing
1840

Lord Campbell proposes in Parliament that
authors of indexless books be fined.

. . . venerate the Inventor of Indexes. . . I know
not whom to yield the preference, wither to
Hippocrates, who was the first great
anatomizer of the human body, or to that
unknown laborer in literature who first laid
open the nerves and arteries of a book.
— Isaac D'Israeli

Great Moments in Writing
1878

The first professional society of indexers is formed in London.

Half your book is to an index grown;
You give your book contents, your reader none.

— Hannay

Great Moments in Writing
1959

First computer generated index (KWIC) produced at IBM by H. P. Luhn.

Genres

The real fame in literature is to be reprinted in the Old Farmer's Almanac.

— Arthur W. Bell

The advertisement is one of the most interesting and difficult of modern literary forms.

— Aldous Huxley

Great Moments in Writing

1665
The first technical journal, *Journal of Learned Men* appears in France.

1896
Ingersoll-Rand starts the in-house technical journal *Compressed Air*. (Still being published today, it is the oldest in-house technical journal.)

I do not know any reading more easy, more fascinating, more delightful than a catalogue.
— Anatole France

Dictionaries are like watches; the worst is better than none; but the best cannot be expected to go quite true.
— Samuel Johnson

As sheer casual reading matter, I still find the English dictionary the most interesting book of our language.
— Albert Jay Nock

Great Moments in Writing
1604

Schoolmaster and son, Robert and Thomas Cawdrey, publish the first purely English dictionary, *A Table Alphabeticall, conteyning and teaching the true writing and understanding of hard and unusuall English wordes, borrowed from the Hebrew, Greeke, Latine, or French &c.*

To me the charm of an encyclopedia is that it knows—and I needn't.

— Francis Yeats Brown

The art of newspaper paragraphing is to stroke a platitude until it purrs like an epigram.

— Don Marquis

Grammar, Usage and Punctuation

I am the King of Rome, and above grammar.
— Sigismund, at the Council of Constance

Great Moments in Writing
1820

The verb "to punctuate" first appears in English.

Grammar is writing surface. When you meet strangers, you can hardly keep from noticing their clothing before you notice their personality. The only way to keep someone from noticing a surface is to make it "disappear," as when someone wears the clothes you most expect her to wear. The only way to make grammar disappear—to keep the surface of your writing from distracting readers away from your message—is to make it right.
— Peter Elbow, *Writing with Power*

Noun-centeredness . . . generates most of our present-day prose sludge.
— Richard Lanham, *Revising Prose*

The passives are a sort of neutral verbal
shoulder-shrug—these things happen—what
can I tell you?
> — Richard Mitchell,
> the Underground Grammarian

The "of" strings are the worst of all. They
look like a child pulling a gob of bubble gum
out into a long string.
> — Richard Lanham, *Revising Prose*

The English speaking world can be divided
into five categories:
(1) those who neither know nor care what a
split infinitive is;
(2) those who do not know, but care very
much;
(3) those who know and condemn;
(4) those who know and approve; and
(5) those who know and distinguish.
> — H. W. Fowler

Great Moments in Writing
1850

Split infinitives, known since the 1700's,
come into wide use.

Word has somehow got around that the split
infinitive is always wrong. This is a piece

with the outworn notion that is is always
wrong to strike a lady.

       — James Thurber

Of the 47 sentences in the original
Declaration of Independence, 35 end with a
comma plus dash (,-), a colon plus dash (:-),
or a period plus dash (.-).

       — Anonymous

If you take hyphens seriously, you will surely
go mad.

       — John Benbow

Old grammarians taught that points were
used merely as aids to reading; and that when
the pupil came to a comma, he should stop till
he could count ONE, when to a semicolon, till
he could say ONE, TWO, etc.

       — G. P. Quackenbos

Great Moments in Writing
1663

Justus Georg Schottelius names, defines,
and gives the present standard form of the
strichpunktlein ("stroke, little dot") . . .
now known as the semicolon.

I don't know any but the simplest rules of
English grammar, and I seldom consciously

apply them. Nevertheless, I instinctively write correctly and, I like to think, in an interesting fashion. I know when something sounds right and when it doesn't, and I can tell the difference between them without hesitation, even when writing at breakneck speed. How do I do this? I haven't the faintest idea.

— Isaac Asimov

Veni, vidi, scripsi

Abusus non tollit usum. (Misuse does not nullify proper use.)   — Anonymous

---

For there be women, fair as she,
Whose verbs and nouns do more agree.
          — Bret Harte, "Mrs. Judge Jenkins"

Grammar is the grave of letters.
          — Elbert Hubbard

The world out there is made of its own stuff, but the world that we understand and manipulate and predict is made of discourse, and discourse is ruled by grammar.
          — Richard Mitchell,
          the Underground Grammarian

With sixty staring me in the face, I have developed inflammation of the sentence

structure and a definite hardening of the paragraphs.

— James Thurber

. . . here and there a touch of good grammar for picturesqueness.

— Mark Twain

Word-carpentry is like any other kind of carpentry: you must join your sentences smoothly.

— Anatole France

Graphics

" What is the use of a book," thought Alice, "without pictures or conversations?"
— Lewis Carroll, *Alice's Adventures in Wonderland*

Great Moments in Writing
1786

William Playfair introduces graphic methods for presenting empirical data in his *Commercial and Political Atlas*.
He invents the fever diagram (a.k.a. line chart), pie chart, and bar chart.

Never draw what you can copy.
Never copy what you can trace.
Never trace what you can cut out and paste down.

— Lucia McKay

[Never cut out and paste down what you can electronically merge from your click art disk.]

— R. John Brockmann

The higher one looks in administrative levels of business, the more one finds decisions are based on tabular or graphic formats.

— Norbert Enrick

Great Moments in Writing
1904

Graphs are suggested as a method of compiling and displaying massive amounts of data flooding the Dupont Company's new Executive Committee.

The suggestion is rejected.

A picture shows me at a glance what it takes dozens of pages of a book to expound.

— Ivan Turgenev

Humor

[M]any writers have mistaken cuteness for friendliness . . . [which] comes in the form of a book written in conversational slang or from the point of view of the machine. Instead of capturing the essence of user friendliness, many have mastered something closer to user-patronizing or user-obnoxious.
— Linda Chavarria

Broken Quill Award

The CONTIN statement is an executable statement, and when it is executed, it performs no operation, provides no output, hums not a note, taps no foot, and it don't care what's ahead of it or, for that matter, what's behind it. It is as solid as a redwood tree and as wispy as a cloud, for none can remain there very long. It is N/C's "Old Man River": it don't do nothin, it just keep rollin along. It is, in effect, a neutral statement, a shady spot, a point of quietude in the midst of a busy thoroughfare.
— *IBM APT-AC Program Reference Manual*

Please leave the bad jokes for your next
cocktail party and only tell me how to do it.
— Joanne Groshardt

No jests are so insipid as those which parade
the fact that they are intended to be witty.
— Quintillian

Most of all though, you need a sense of
humor.
— Hewlett Packard style guide

Imagination

If we cannot imagine, we cannot foresee.
— Gaston Bachelard

What is now proved was once only imagin'd.
— William Blake

It's a poor memory that only works
backward.
— Lewis Carroll

The fancy is indeed no other than a mode of memory emancipated from the order of time and space.

— Samuel Taylor Coleridge

The vitality and energies of the imagination do not operate at will; they are fountains, not machinery.

— D. G. James

Devise, wit; write, pen; for I am for whole volumes in folio.

— William Shakespeare, *Love's Labour's Lost*

Creative imagination must stop well short of delirium.

— Calvin Wells

Invention

If Man will begin with certainties, he shall
end in doubts; but if he will be content to
begin with doubts, he shall end in certainties.
— Sir Francis Bacon

You can observe a lot just by watching.
— Yogi Berra

Basic research is what I am doing when I
don't know what I am doing.
— Wernher von Braun

Give me a condor's quill! Give me Vesuvius'
crater for an inkstand! . . . To produce a
mighty book, you must choose a mighty
theme.
— Herman Melville

Before beginning to compose something,
gauge the nature and extent of the enterprise
and work for a suitable design. Design
improves even the simplest structure whether
of brick and steel or of prose. You raise a pup
tent from one sort of vision, a cathedral from
another.
— E. B. White

Our plans miscarry because they have no
aim. When a man does not know what

harbor he is making for, no wind is the right
wind.

— Seneca

Prewriting is the secret of planning discourse
well. Our minds must create discourse via a
feedback loop; that is, we often have to write
or argue a thing incorrectly before we realize
how to write or argue it correctly.

— James Tracey

Nothing in progression can rest on its original
plan. We may as well think of rocking a
grown man in the cradle of an infant.

— Edmund Burke

Mal Mots

Eschew obfuscation: Exercise abstinence
from proclivity toward grandiloquent
sesquipedalian verbalizations.

The passive voice should not be used.

Good writing is a kind of skating which carries off the performer where he would not go.

— Ralph Waldo Emerson

During interviewing, use your ignorance creatively.

— R. John Brockmann

The more important a piece of information, the less available it is.

— "Horton's Laws"

A man will turn over
half a library to make
one book.
— Samuel Johnson

I had six honest serving men—They taught me all I knew: Their names were Where and What and When—and Why and How and Who.

— Rudyard Kipling

The unadorned declarative sentence is one of man's noblest architectural achievements. But it is one of the rarest.

— George Ball

My theory has always been that the public will accept style, provided you do not call it style either in words or by, as it were, standing off and admiring it.

— Raymond Chandler

If a man wishes to write a clear style, let him first be clear in his thoughts.

— Johann Wolfgang von Goethe

No style is good that is not fit to be spoken or read aloud with effect.

— William Hazlitt

In conversation you can use timing, a look, inflection, pauses. But on the page all you have is commas, dashes, the amount of syllables in a word. When I write I read everything out loud to get the right rhythm.

— Fran Lebowitz

Read your own prose aloud and with emphasis—or better still, have a friend read it to you. This rehearsal can often tell you more about the shape, rhythm, and emphasis of your sentences than any other single device.

— Richard Lanham, *Revising Prose*

A strict and succinct style is that, where you can take away nothing without loss, and that loss to be manifest.

— Ben Jonson

Style occurs in isolation only when it is bad, when it fails to coincide with meaning.

— W. K. Wimsatt

What I call the auditory imagination is the feeling for syllable and rhythm, penetrating far below the conscious levels of thought and

feeling, invigorating every word; sinking to the most primitive and forgotten, returning to the origin and bringing something back, seeking the beginning and the end. It works through meanings, certainly, or not without meanings in the ordinary sense, and fuses the old and obliterated and the trite, the current, and the new and surprising, the most ancient and the most civilized mentality.

— T. S. Eliot

To the man with an ear for verbal delicacies—the man who searches painfully for the perfect word, and puts the way of saying a thing above the thing said—there is in writing the constant joy of sudden discovery, of happy accident.

— H. L. Mencken

Jargon

A reader's ability to understand a paragraph is inversely proportional to the number of technical terms present.

— Thomas Johnson, *Analytical Writing*

Young man, thy words are like the cypress,
tall and large, but they bear no fruit.

— Phocion

Jargon is like rhetoric. It always describes
what the other guy does. We argue, he
indulges in specious rhetoric. We make
ourselves clear, he speaks jargon.

— Richard Lanham, *Style: An Anti-text*

Broken Quill Award

The highest quality research available
suggests that the efforts of our criminals
have little effect on the occurrence of
crime.

— *Philadelphia Inquirer*

> ## Great Moments in Writing
> ### 1553
>
> Thomas Wilson's *Arte of Rhetorique* attacks "hard" words such as "expending," "ingenuous," "dexterity," "contemplate," and "relinquish" as pedantic "inkhorn" words.
>
> — Elizabeth Tebeaux

Vague and insignificant forms of speech, and abuse of language have so long passed for mysteries of science; and misapplied words with little or no meaning have, by prescription, such a right to be mistaken for deep learning and height of speculation, that it will not be easy to persuade either those who speak or those who hear them, that they are but the covers of ignorance and hindrance of true knowledge.

— John Locke

Language

Language was invented so that man can hide the fact he doesn't think at all.

— Sören Kierkegaard

Broken Quill Award

From the Japanese:

UNTIL COMING OUT SOUND FROM
POWER SWITCH PUSHING ON
Managing the selector switch or volume
immediately after coming out sound, may
cause noise appearance. Manage them
after 3 - 6 seconds.

&

BEFORE PUSHING ON THE POWER
SWITCH
If pushing on the set without awareing that
VOLUME control is set to high position,
you will be surprised at a sudden big sound.

&

Along with the trends of modern buildings
being like sky-scrapers and constructions
being bigger, you will see remarkable
advancement of building materials, such as
improved quality, less weight and
shortening of the working periods.

Great Moments In Writing
Sometime B.C.

Now the whole earth used only one language, with few words. On the occasion of a migration from the east, men discovered a plain in the land of Shinar, and settled there. Then they said to one another, Come, let us build ourselves a city with a tower whose top shall reach the heavens (thus making a name for ourselves), so that we may not be scattered all over the earth. Then the Lord came down to look at the city and tower which human beings had built. The Lord said, They are just one people, and they all have the same language. If this is what they can do as a beginning, then nothing that they resolve to do will be impossible for them. Come, let us go down, and there make such a babble of their language that they will not understand one another's speech. Thus the lord dispersed them from there all over the earth, so that they had to stop building the city.

— Book of *Genesis*

Language is the art of concealing thought.
— Anonymous

To put it briefly, in human speech, different sounds have different meanings. To study this co-ordination of certain sounds with certain meanings is to study language. This co-ordination makes it possible for man to interact with great precision. When we tell someone, for instance, the address of a house he has never seen, we are doing something which no animal can do.
— Leonard Bloomfield

If language is incorrect, then what is said is not meant. If what is not meant, then what ought to be done, remains undone.
— Confucius

The problems of language here are really serious. We wish to speak in some way about the structure of the atoms.... But we cannot speak about atoms in ordinary language.
— Werner Heisenberg

Man's achievements rest upon the use of symbols.
— Alfred Korzybski

Clothe an idea in words and it loses its
freedom of movement.

— Egon Friedell

Language develops by the felicitous
misapplication of words.

— J. B. Greenough

This basic need, which certainly is obvious
only in man, is the need of symbolization.
The symbol-making function is one of man's
primary activities, like eating, looking, or
moving about. It is the fundamental process
of the mind, and goes on all the time.

— Susanne K. Langer

We should have a great many fewer disputes
in the world if words were taken for what

they are, the signs of our ideas only, and not
for things themselves.
— John Locke

If you don't understand something, use longer
words. Share the ignorance with your
readers.
— "Horton's Laws"

Beware of language, for it is often a great
cheat.
— Peter Mere Latham

The lie has seven endings.
— Swahili proverb

Political language . . . is designed to make lies
sound truthful and murder respectable, and to
give an appearance of solidity to pure wind.
— George Orwell

Tens of thousands of years have elapsed since
we shed our tails, but we are still
communicating with a medium developed to
meet the needs of arboreal man. . . . We may
smile at the linguistic illusions of primitive
man, but may we forget that the verbal
machinery on which we so readily rely, and
with which our metaphysicians still profess to
probe the Nature of Existence was set up by
him, and may be responsible for other

illusions hardly less gross and not more easily eradicable?

> — C. K. Ogden and I. A. Richards

Language has two interconnected merits: first, that is is social, and second, that it supplies public expression for thoughts which would otherwise remain private. Without language, or some prelinguistic analogue, our knowledge of the environment is confined to what our own senses have shown us, together with such inferences as our congenital constitution may prompt; but by the help of speech we are able to know what others can relate, and to relate what is no longer sensibly present but only remembered.

> — Bertrand Russell,
> *Human Knowledge: Its Scope and Limits*

Three things have contributed to enable man to perfect language—necessity, practice, and the desire to please.

> — Julius Caesar Scaliger

You taught me language; and my profit on't is, I know how to curse.

> — William Shakespeare, Caliban in *The Tempest*

Layout and Typography

Clarity in layout equals clarity in content
because the process requires clarity of
thought.

— J. Hartley

A well-designed page has 40 percent density.

— M. M. Demcheck

White space never lies.

— "Horton's Laws"

A word on that layout business, which is just
now clouding the minds of millions in the so-
called desktop publishing frenzy. Layout is
not a primary thing, not even a secondary
thing, but only a necessary particular. . . .
First the text, then the technology.

— Richard Mitchell,
the Underground Grammarian

Text is diagram.

— David Jonassen

You shall see them on a beautiful quarto page,
where a neat rivulet of text shall meander
through a meadow of margin.

— Richard B. Shudar

Typography as macropunctuation.

— Robert Waller

Great Moments in Writing
600 A.D.

Charlemagne hires an English monk named Alcuin to improve medieval Latin. Alcuin responds by inventing lower case letters (Carolingian Minuscule) and white spaces between words.

Not until the early 15th century are capital and lowercase letters integrated by Poggio Bracciolini.

Learning

I hear and I forget. I see and I remember. I do and I understand.

— Chinese Proverb

Example is the best precept.

— Aesop

We learn

1% through taste
1 1/2% through touch
3 1/2% through smell
11% through hearing
83% through sight

We retain

10% of what we read
20% of what we hear
30% of what we see
50% of what we see and hear

— Socony-Mobil Oil Company survey.

By the Assistance of Letters the Memory of
past Things is preserved, and the
Foreknowledge of some Things to come is
Revealed: By Them even Things Inanimate
Instruct and Admonish Us.
— George Bickman, *The Universal Penman*, 1733

Veni, vidi, scripsi

Docendo discimus. [We learn by
teaching.]

Rules make the learner's path long, examples make it short and successful.

— Seneca

Legalisms

Anyone involved in the documentation whether in planning, testing, or marketing

can be drawn into product liability and litigation.

— David Lenfest

The more worthless the manuscript, the greater the fear of plagiarism.

— Sir Stanley Unwin

Mal Mots

Avoid clichés like the plague.

Make sure every pronoun agrees with their antecedent.

To who it may concern, case is important.

Avoid comma splices, they don't join sentences well.

In memos reports letters and essays, use commas to separate items of a series.

Where possible, avoid unnecessary, or surperfluous, commas.

Its important to use apostrophe's right.

Great Moments in Writing
500 A.D.

[Saint] Columba . . . . while visiting his ancient master Finnian, [undertook] to make a clandestine and hurried copy of the abbot's Psalter.

He shut himself up at night in the church where the Psalter was deposited, and the light needed for his nocturnal work radiated from his left hand while he wrote with his right. A curious wanderer, passing the church, was attracted by the singular light, and looked in through the keyhole, and while his face was pressed against the door his eye was suddenly torn out by a crane which was roosting in the church.

The wanderer went with his story to the abbot, and Finnian indignant at what he considered be be a theft, claimed from Columba the copy which the monk had prepared, contending that a copy made without permission ought to belong to the owner of the original, on the ground that the transcript is the offspring of the original work . . .

Columba refused to give up his manuscript, and the question was referred to King Diarmid, or Dermott, in the palace at Tara. The King's judgment was given in a rustic phrase which has passed into a proverb in Ireland:

"To every cow her calf' [le gach boin a boinin] and consequently to every book its copy.

— Geo. Haven Putnam, *Books and Their Makers*

Quotations

The wisdom of the wise and the experience of the ages are perpetuated by quotations.
— Benjamin Disraeli

I hate quotations. Tell me what you know.
— Ralph Waldo Emerson

Next to the originator of a good sentence is the first quoter of it.
— Ralph Waldo Emerson

Every book is a quotation.
— Ralph Waldo Emerson

Great Moments in Writing
15th and 16th Century

Quotation marks first come into general use in printed books in Italy and France.

Stronger than an army is a quotation whose time has come.
— W. I. E. Gates

Beware the man of one book.
— St. Thomas Aquinas

Reading

Woe be to him that reads but one book.
— George Herbert

The Art of Letters does, as it were, revive all the past Ages of Men and Sets them at once upon the Stage; and brings all the Nations from afar, and gives them, as it were a general Interview; so that the most distant Ages of Mankind may converse together, and grow into Acquaintance.
— George Bickman, *The Universal Penman*, 1733

Great book, great evil.
— Callimachus, head librarian at Alexandria

There is danger in reading bad books, but also greater danger in not reading good ones.
— John Courtney Murray

Broken Quill Award

Last year the award helped revive "Cagney & Lacey," the CBS series about two New York policewomen detectives that had been declared dead.
— Los Angles *Times*

Facts are apt to alarm us more than the most dangerous principles.

— Junius

I would define a book as a work of magic whence escape all kinds of images to trouble the souls and change the hearts of men.

— Anatole France

Facts do not cease to exist because they are ignored.

— Aldous Huxley

There is nothing so captivating as new knowledge.

— Peter Mere Latham

There is far greater peril in buying knowledge than in buying meat and drink.

— Plato

Books have to be read. It is the only way of discovering what they contain. A few savage tribes eat them, but reading is the only method of assimilation revealed to the West.

— E. M. Forster

Some books are to be tasted, others to be swallowed, and some few to be chewed and digested.

— Sir Francis Bacon

Not the sort of reading to be done slacked down in cushions, but set on a hard chair at a table with pencil handy—the way the best reading is done, alert, combative, fit to argue and consider.

— Edgar Allan Poe, *Marginalia*

Many good writers make us work hard, but good writers reward our labor.

— Geraldine Henze

One feels like crawling on all fours after reading your work.

— Voltaire, Letter to Rousseau

Meanings implied are seldom inferred.

— "Horton's Laws"

Promise no surprises.

— Holiday Inn

Reading is a psycholinguistic guessing game.
— Anonymous

Being ignorant is not so much a shame, as being unwilling to learn.
— Benjamin Franklin

It is not all books that are as dull as their readers.
— Henry David Thoreau

The right book at the right time may mean more in a person's life than anything else.
— Lee Shippey, *Los Angeles Times*

How many a man has dated a new era in his life from the reading of a book.
— Henry David Thoreau

On a certain shelf in the bookcase are collected a number of volumes which look somewhat the worse for wear. Those of them which originally possessed gilding have had it fingered off, each of them has leaves turned down, and they open of themselves at places wherein I have been happy; each of them has remarks relevant and irrelevant scribbled on their margins. These favorite volumes cannot be called peculiar glories of literature; but out of the world of books I have singled them, as I have singled my intimates out of the world of men.

— Alexander Smith, *Dreamthorp*

Books must be read as deliberately and reservedly as they are written.

— Henry David Thoreau

The book, if you would see anything in it, requires to be read in the same clear, brown, twilight atmosphere in which it was written; if opened in the sunshine, it is apt to look exceedingly like a volume of blank pages.

— Nathaniel Hawthorne

'Tis the good reader that makes the good book; in every book he finds passages which seem confidences or asides hidden from all else and unmistakably meant for his ear; the profit of books is according to the sensibility of the reader; the profoundest thought or

passion sleeps as in a mine, until it is
discovered by an equal mind and heart.
— Ralph Waldo Emerson

Learn to read slow: all other graces
Will follow in their proper places.
— William Walker

Only mutants read a computer manual from
cover to cover.
— Apple Computer Inc. Technical Writer

Mal Mots

Don't write run on sentences they are a
mistake.

Don't any words out.

When writing, speech making, or to teach
others, use parallel grammatical forms for
parallel ideas.

Profraed carefuly for tyographicul errrors.

DO NOT OVERCAPITALIZE.

Do not mix **too** *many type* <u>sizes</u> and
STYLES.

When we read too fast or too slowly, we
understand nothing.
— Blaise Pascal

Our knowledge base is expected to expand at
least 32 times within five decades.
— Alvin Toffler, 1970

Twenty-two acknowledged Concubines and a
library of 62,000 volumes attested to the
variety of his inclinations; and from the
products which he left behind him, it appears
that the former as well as the latter were
designed for use rather than ostentation.
— Gibbon, on one of the Caesars

Eighty percent of the users will read twenty
percent of the user's manual. The other
twenty percent won't read any of it.
— "Horton's Laws"

Read the best books first, or you may not
have a chance to read them at all.
— Henry David Thoreau

Never read any book that is not a year old.
— Ralph Waldo Emerson

In science, read, by preference, the newest
works; in literature, the oldest.
— Edward Bulwer-Lytton

Redundancy

The world does not require so much to be
informed as to be reminded.
— Hanna More

Tell the folks what you're gonna tell 'em;
then tell 'em in the order you told 'em you

were going to tell 'em; and then remind 'em at the end what you just told 'em.
— Anonymous preacher, on the traditional method of making sermons

---

The optimal content of redundancy in information is approximately 30%.
— Fritz J. Taylor

Broken Quill Award

**Washington D.C.
Redundancy Hall of Fame**

resource values
subsequent effects
change from the present
serious trouble
domestic livestock
available supply
shade ramada
maximum capacity
exact duplicate
secret cache

— Ken McGinty

Remuneration

The dubious privilege of a freelance writer is he's given the freedom to starve anywhere.
— S. J. Perelman

"Consultant" has a nice ring to it.
— Bob Archibald

It is as craftsmen that we get our satisfaction and our pay.
— Learned Hand

No man but a blockhead ever wrote except for money.
— Samuel Johnson

The only reason for being a professional writer is that you can't help it.
— Leo Rosten

Remuneration! O! that's the Latin word for three farthings.
— William Shakespeare, *Love's Labour's Lost*

If you're a singer, you lose your voice. A baseball player loses his arm. A writer gets more knowledge, and if he's good, the older he gets, the better he writes.
— Mickey Spillane

The profession of book-writing makes horse racing seem like a solid, stable business.
— John Steinbeck

Half my lifetime I have earned my living by selling words and, I hope, thoughts.
— Winston Churchill

Revision

I believe more in the scissors than I do in the pencil.
— Truman Capote

Use the knife on other people's writing and you will learn quicker not only the outward techniques of good revising, but also the essential inner reaction that will lead you to those techniques: an intolerance for

something that doesn't work and a willingness to make changes even if it means discarding wonderful stuff. Once you get comfortable wielding the knife and seeing blood on the floor, it turns out to be easier to wield it on yourself.
— Peter Elbow, *Writing with Power*

The most essential gift for a good writer is a built-in shock-proof shit detector.
— Ernest Hemingway

Editing your own work is like removing your own tonsils—possible but painful.
— Anonymous

Plan to write poorly and edit well.
— *FirstDraft* software user manual

Think of and look at your work as though it were done by your enemy. If you look at it to admire it you are lost. . . . If we look at it to see where it is wrong, we shall see this and make it righter. If we look at it to see where it is right, we shall see this and shall not make it righter. We cannot see it both wrong and right at the same time.
— Samuel Butler

Broken Quill Award

Systems for digitizing and storing analog data, sorting and averaging multiple analog signals, and sequencing processing events are all examples of laboratory problems where _____ has knowledge independent of scientific disciplines.
[Blank added to protect the guilty.]

If it is any use to know it, I always try to write on the principle of the iceberg. There is seven-eights of it under water for every part that shows. Anything you know you can eliminate only strengthens your iceberg.
— Ernest Hemingway

In technical writing, there is always an easier way, always a clearer way, always a more accurate way to say something.
Unfortunately they are not the same way.
— "Horton's Laws"

An old tutor of a college said to one of his pupils: read over your compositions, and wherever you meet with a passage which you think is particularly fine, strike it out.
— Samuel Johnson

The primary obligation of intelligence is to distrust itself.

— Stanislaw Lem

Broken Quill Award

You can include a page that also contains an Include instruction. The page including the Include instruction is included when you paginate the document but the included text referred to in its Include instruction is not included.

— IBM memo

I try to leave out the parts that people skip.

— Elmore Leonard

The wastepaper basket is the writer's best friend.

— Isaac Singer

When editing a sentence, always ask of a sentence a clear answer to the question "who is kicking whom."

— Richard Lanham, *Revising Prose*

In composing, as a general rule, run your pen through every other word you have written; you have no idea what vigor it will give your style.

— Sydney Smith

Omit needless words. Vigorous writing is concise. A sentence should contain no unnecessary words, a paragraph no unnecessary sentences, for the same reason that a drawing should have no unnecessary lines and a machine no unnecessary parts. This requires not that the writer make all his sentences short, or that he avoid all details and treat his subjects only in outline, but that every word tell.

— William Strunk

Broken Quill Award

While the Cougar aircraft in 1952 only required 1,800 pages of documentation, the modern F-14 requires 260,000 pages. Today there are 25 million pages of technical manuals in use in the Navy. In addition, there are 300,000 to 500,000 pages added or revised annually.

— Naval Ocean System Center
Request for Proposal

As to the Adjective, when in doubt, strike it out.

> — Mark Twain

When a thought is too weak to support a single expression, reject it.

> — Marquis de Luc de Clapiers Vauvenargues

Words and sentences are subjects to revision; paragraphs and whole compositions are subjects of prevision.

> — Barrett Wendell

Reading maketh a full man, conference maketh a ready man, and writing maketh an exact man.

> — Sir Francis Bacon

Writing does indeed make us exact, because it leaves a trail of thought that we can retrace and so discover where we have been stupid.

> — Richard Mitchell,
> the Underground Grammarian

You're not gonna get it right the first time. Manuals are developed, not created in an instantaneous flash of creation. You're going to do the best you can, and then you're going to do it over, and over, and over until you get it done right.

> — R. John Brockmann

> ## Broken Quill Award
>
> By dividing the DBS files into pages, and storing selected records on these pages, and using the page as the basic I/O buffer size, DBCS operations that affect the records only one page can be handled with a single disk access.

The first draft is never good enough, never clear enough, never the final product.
— Sandra Pakin & Associates

The first draft of anything is shit.
— Ernest Hemingway

Never do major revising when nauseated by your own writing.
— Peter Elbow, *Writing With Power*

During the final stages of publishing a paper or a book, I always feel strongly repelled by my own writing . . . it appears increasingly hackneyed and banal and less worth publishing.
— Konrad Lorenz

I can't write five words but that I change seven.
— Dorothy Parker

. . . there are days when the result is so bad that no fewer than five revisions are required. In contrast, when I'm greatly inspired, only four revisions are needed.
— John Kenneth Galbraith

This is what I find encouraging about the writing trades: They allow mediocre people who are patient and industrious to revise their stupidity, to edit themselves into something like intelligence.
— Kurt Vonnegut

The most trustworthy motive for revising is the desire to make things work for readers.
— Peter Elbow, *Writing With Power*

After you detect and correct an error, you will discover you were right all along.
— "Horton's Laws"

From the study of Rhetoric, two great advantages result: first it enables us to discern faults and beauties in the composition of

others; and secondly, it teaches us how to express and embellish our own thoughts, so as to produce the most forcible expressions.

— G. P. Quackenbos

Rules of Writing

In words, as fashions, the same rule will hold;
Alike fantastic, if too new or old;
Be not the first by whom the new are tried
Nor yet the last to lay the old aside.

— Alexander Pope

Any fool can make a rule and every fool will mind it.

— Henry David Thoreau

Broken Quill Award.

Information which, although correct, is of no usefulness to the reader, renders the document unuseable.

— Excerpt from major computer company's style guide

A foolish consistency is the hobgoblin of little minds.

— Ralph Waldo Emerson

> Veni, vidi, scripsi
>
> Usus, quem penes abritum est et jus et norma loquendi. [Use is the law of language.]
> — Horace

I like the rule that corrects the emotion.
> — George Braque, (in early years)

I like the emotion that corrects the rule.
> — George Braque, (in later years)

Schedules

If you fail to plan for the future, you plan to fail.
> — 1983 National Computer Conference

How does a project get to be a year late? . . . One day at a time.
> — Fredrick Brooks, *The Mythical Man-Month*

Budgeting also means planning for illness, vacations, slips, machine down-time, developer recalcitrance, and natural disasters. Your plans must allow for these; they often consume 25 percent of what would have been enough time to do the project comfortably.
> — Digital Equipment Corp. style guide

It is a waste of time to anticipate delays. No matter how much time you allow, the actual delays will be longer.

— "Horton's Laws"

Normal sequence of product design:

1. Management announces the product.
2. Technical writing publishes the manual.
3. Engineering begins designing it.

— "Horton's Laws"

Technology expands to overflow the time available to explain it.

— "Horton's Laws"

There is never time to do it right, but there is always time to do it over . . . and over . . . and over and over . . . .

— "Horton's Laws"

Well done is twice done.

— Benjamin Franklin

To estimate the time required for a simple publication, convert to the next higher unit of measure and multiply by three. So, for a one-day job, allow three weeks. For a complex publication multiply by the square of the speed of light.

— "Horton's Laws"

The first half of the manual takes eighty
percent of the time available. The second
half takes the other eighty percent.

— "Horton's Laws"

No deadline is impossible to the person who
doesn't have to meet it.

— "Horton's Laws"

If it looks easy, it's hard. If it looks hard, it's
impossible. If it looks impossible, it's due
tomorrow. At 8 A.M.

— "Horton's Laws"

> ### Great Moments in Writing
> ### 1930's
>
> Automatic typewriters of the 1930's can repeatedly type form letters and contracts using a punched-paper-roller "storage" mechanism similar to those found on player pianos.
>
> — Robert Woelfle

It usually takes me more than three weeks to prepare a good impromptu speech.

— Mark Twain

Scheduling is normally over-optimistic.

— Dick Van Nouhuys

Editing, like most difficult jobs, works on the 80-20 principle. You can do 80 percent of the work in the first 20 percent of the time. After that, diminishing returns sets in, and it becomes increasingly harder for you to find anything more to fix.

— Edmond Weiss

The tightness of the schedule is inversely proportional to the remoteness of the deadline.

— "Horton's Laws"

Simplicity

O give me commentators plain, Who with no deep researches vex the brain.
— George Crabbe

Everything should be made as simple as possible, but not simpler.
— Albert Einstein

Veni, vidi, scripsi

Sesquipedalia verba [Words a foot and a half long]
— Horace

Any simple idea will of its own accord find the most complicated explanation.
— "Horton's Laws"

Order and simplification are the first steps toward the mastery of a subject—the actual enemy is unknown.
— Thomas Mann

Say all that you have to say in the fewest possible words or your reader will be sure to skip them; and in the plainest possible words or he will certainly misunderstand them.
— John Ruskin

I never write metropolis for seven cents when I can get the same price for city. I never write policeman when I can get the same money for cop.

— Mark Twain

Plainness although simple, is not what I mean by simplicity. Simplicity is a clean, direct expression of that essential quality of the thing which is the nature of the thing itself.

— Frank Lloyd Wright

Speaking and Writing

Skriv som Du Talar! (Write as You Speak!)
— title of booklet issued by Swedish Post Office

All epoch-making revolutionary movements have been produced not by the written word but by the spoken word.

— Adolf Hitler

Veni, vidi, scripsi

Verba volant, scripta manent. [Spoken words fly away, written words remain.]
— Ovid

Oh that my words were now written! Oh that they were printed in a book!

— *Book of Job*

How do I know what I think until I hear what I say.

— Oscar Wilde

Writing, when properly managed (as you may be sure I think mine is), is but a different name for conversation.

— Laurence Sterne

Spelling

Orthography is so absolutely necessary for a man of letters, or a gentleman, that one false spelling may fix ridicule upon him for the rest of his life; and I know a man of quality who never recovered the ridicule of having spelled wholesome without the w.

— Lord Chesterfield

I have no respect for a man who knows only one way to spell a word.

— Andrew Jackson

Great Moments in Writing
1506

Indexing was long by first letter only—or, rather, by first sound: for example, in a Latin work published as late as 1506 in Rome, since in Italian and Latin as spoken by Italian-speakers the letter *h* is not pronounced, "Halyzones" is listed under "a."

— Walter Ong, *Orality and Literacy*

The man who writes with no misspelled words has prevented a first suspicion of the limits of his scholarship or, in the social world, of his general education and culture.

— Julia Norton McCorkle

Nothing you can't spell will ever work.

— Will Rogers

Style

The style is the man.

— Buffon

A good style must, first of all, be clear. It must not be mean or above the dignity of the subject. It must be appropriate.
— Aristotle

Used unthinkingly, [the Official Style] provides the quickest tip-off that you have become system-sick, and look at life only through the system's eyes.
— Richard Lanham, *Revising Prose*

Style is the dress of thoughts.
— Lord Chesterfield

You must, if you are to write prose in an America and a world fated to become ever more bureaucratic, learn how to use The Official Style, even perhaps how to enjoy it, without becoming imprisoned by it.
— Richard Lanham, *Revising Prose*

When you can with difficulty say anything clearly, simply and emphatically, then, provided the difficulty is not apparent to the reader, that is style. When you can do that easily, it is genius.
— Lord Dunsany

Proper words in proper places make the true definition of a style.
— Jonathan Swift

Take care of the sense and the sounds will take care of themselves.

— Lewis Carroll

The manner of your speaking is full as important as the matter, as more people have ears to be tickled that understanding to judge.

— Lord Chesterfield

Teaching Writing

Style, in its finest sense, is the last acquirement of the educated mind.

— Alfred North Whitehead

Now the truth is that higher education does not advance a man's personal interests except under special circumstances. What it gives a man is the power of expression; but the ability to express himself has kept many a man poor.

— John Jay Chapman

Come Listen Youths, and I'll Display
To This Rare Art a Certain Way.
He that in Writing would Improve,
Must first with Writing fall in Love;
For True Love for True Pains will call,
And that's the Charm that Conquers All.

— George Bickman, *The Universal Penman*, 1733

Teach writing like cooking.

— Plato

True ease in writing comes from art, not chance,

As those move easiest who have learn'd to dance.
— Alexander Pope

However great a man's natural talent may be, the art of writing cannot be learned all at once.
— Rousseau

We do not write as we want to but as we can.
— Somerset Maugham

What is School Style? Well, in summary, it is compounded, in equal parts, of deference to a teacher of supposedly traditional tastes, of despair at filling up the required number of pages before tomorrow morning, and of the mindlessness born of knowing that what you write may not be read with real attention.
— Richard Lanham, *Revising Prose*

Your competition can have useful ideas on content, format, layout, and access methods you might use in your book. Part of your job is to know what competitive products do (and do not) exist so your manual can be "state of the art."
— Digital Equipment Corp. style guide

Technical Writing

A good technical writer is a combination of interpreter, production coordinator, and diplomat.

— Sandra Pakin & Associates

The less time it takes the engineer or programmer to make the change, the more time it takes the technical writer to describe it.

— "Horton's Laws"

Before the blessed event are the trials of labor. . . And tech writers are no more immune to them than are any other professionals. Code that will not freeze, even as your book heads through wintry air to the printer; developers who won't give you the time of day (even in octal!); mastering concepts only to have them etched into oblivion in the next base level; so many cooks in the broth that . . . well, it's just part of the job. You'll never be bored.

— Digital Equipment Corp. style guide

People don't like to look stupid, lose control or accidentally break something. So an unsuccessful "first time" may be the last time.
— *Documentation Etc.*

Most people agree that the quality of end-user documentation can spell success or failure for a new software product. After all, the manuals are what a customer sees first—they shape his perception of the entire package.
— Joyce Demaris

Good documentation will not make up for bad software; in fact, it usually highlights how bad the software is.
— Edmond Weiss

Technical Writers Are The Armpit Of The Industry
— headline of *InfoWorld* editorial, 1982

. . . technical writing is probably more conservative, more the slave of the rule, than is the style of popular fiction or even such publications as the *English Journal*.
— Robert Hays

Technical writing is a form of brain damage, caused by an over-development of the corpus callosum—a sort of cerebral cross-wiring. It manifests itself as a compulsion to explain complex things so that mere mortals can understand them.
— William Horton

Testing

Field testing with actual users really brings home how complex it all is.
— Bill Gates, CEO, Microsoft Corporation

Our ultimate goal is to increase customer satisfaction, and that satisfaction is based on

customer's perceptions of their own usage,
and not on any separate measurement.

— Frederick Bethke

Without a field test, a manual is like a new
untuned piano. And without an updating
plan, a manual will soon become like an old
untuned piano.

— R. John Brockmann

Tools

O'er Virgin-Paper when the Hand we trace,
How new, how free, how perfect in evr'y
Grace!
So smooth, so fine, the nimble strokes we
view,
Like Trips of Fairies o'er the Morning-Dew.
— George Bickman, *The Universal Penman*, 1733

Beneath the rule of men entirely great, the
pen is sometimes mightier than the sword.

— Edward Bulwer-Lytton

Paper is patient.

— Felix Frankfurter

Great Moments in Writing

197 - 159 B.C.

Parchment is first invented by King
Eumenes II in Pergamum in Asia Minor.

30 B.C.

Rolled scrolls ("volumens") begin to be
bound like books ("codexes").

The Pen an Instrument tho' small,
Is of great use and Benefit to all,
Trust rather to your fingers Ends,
Than to the Promises of Friends.
— George Bickman, *The Universal Penman*, 1733

He who does not turn up the earth with the
plough ought to write on the parchment with
his fingers.
                    — Anonymous sixth century monk

Great Moments in Writing

1870s—Christopher Lanham Scholes's mathematician brother-in-law scientifically devises the most inefficient keyboard design (greatest distances to move fingers to produce words in English) so as to slow down typing and thus keep the keybars from jamming.

May 12, 1936—Dvorak patents his improved keyboard.

December 1943—August Dvorak concludes "it is possible to make at random dozens of typewriter keyboards which are as good or better than the Scholes Universal keyboard."

November 19, 1982—the American National Standards Institute approves the Dvorak keyboard as an alternative standard to the Scholes keyboard.

— Michael L. Kleper, *The Illustrated Handbook of Desktop Publishing and Typesetting*

I'm all for technology, but does it bother you that a memory typewriter now has a bigger vocabulary than you do?

— Bob Orben

Great Moments in Writing
1910

Emperor Franz Joseph consistently refuses to accept typewritten documents. He also refuses to use an automobile.

I know so little about the typewriter that once I bought a new one because I couldn't change the ribbon on the one I had.

— Dorothy Parker

" Machines are built to serve men," I typed. I regretted it almost immediately.

— Kurt Vonnegut

This new fangled writing machine has several virtues. It piles an awful stack of words on one page. It don't muss things or scatter ink blots around. Of course it saves paper.

— Mark Twain, on the typewriter

Great Moments in Writing
1714

Henry Mill in England takes out a patent for the first typewriter.

Great Moments in Writing
1770

Pierre Jacquet-Droz makes the first mechanical attempt to automate scriveners by creating a mechanical robot call "The Scribe." It can write messages with up to 40 characters, change lines, skip spaces, and dip quill in an inkwell.

I believe that composing on the typewriter has probably done more than anything else to deteriorate English prose.
— Edmund Wilson

Great Moments in Writing
1964

Douglas Engelbart at the Stanford Research Institute invents the first mouse input device.

The "paperless office" today makes about as much sense as a paperless toilet.
— Amy Wohl

Most of this desktop publishing is nothing
more than fancy typewriting.
— Richard Mitchell,
the Underground Grammarian

Updating

Updating a manual is like changing tires on a
moving car.

— Edmond Weiss

God's greatest gift to mankind for updating
was the three-ring binder; God's greatest
curse was the comb-binder.

— R. John Brockmann

Out of date, out of use.

— *Documentation Etc.*

Words

One of the disadvantages of wine is that it
makes a man mistake words for thoughts.

— Samuel Johnson

Training is everything. The peach was once
a bitter almond; cauliflower is but cabbage
with a college education.

— Mark Twain

Man does not live by words alone, despite the fact that sometimes he has to eat them.
— Adlai Stevenson

All words are pegs to hang ideas on.
— H. W. Beecher

Words are the legs of the mind; they bear it about, carry it from point to point, bed it down at night and keep it off the ground and out of marsh and mists.
— Richard Eder

Be not a slave of words.
— Thomas Carlyle

Words are chameleons which reflect the color of their environment.
— Learned Hand

Only presidents, editors, and people with tapeworm have the right to use the editorial "we."
— Mark Twain

Words are the counters of wise men, and the money of fools.
— Thomas Hobbes

Words are the most powerful drug used by mankind.
— Rudyard Kipling

A very great part of the mischiefs that vex
this world arises from words.

— Edmund Burke

Great Moments in Writing
1824

Captain Basil Hall complains about the
increasing novelties of the American
English vocabulary to an aging Noah
Webster.

"But surely such innovations are to be
deprecated," said Hall.

"I don't know about that," replied Webster.
"If a word becomes universally current in
America, where English is spoken, why
should it not take its station in the
language?"

"Because," said Captain Hall, "there are
words enough already."

"When I use a word," said Humpty Dumpty, "it means just what I choose it to mean, neither more nor less."

— Lewis Carroll

Why shouldn't we quarrel about a word? What is the good of words if they aren't important enough to quarrel over? Why do we choose one word more than another if there isn't any difference between them?

— G. K. Chesterton

I am not so lost in lexicography as to forget that words are the daughters of earth, and that things are the sons of heaven.

— Samuel Johnson, Preface to his Dictionary

Great Moments in Writing
1716

The K'anghsi 1716 dictionary of the Chinese language lists 40,545 separate characters.

Words, therefore, as well as things, claim the care of an author. Every man has often found himself deficient in the power of expression, big with ideas which he could not utter, and unable to impress upon his reader the image existing in his own mind.

— Samuel Johnson

Normal Americans have a very small vocabulary. They feel towards words as they feel toward the parts of a car: let them function; no more is asked of them.

— Alan Pryce Jones

The difference between the right word and the almost-right word is the difference between "lightning" and "lightning bug."

— Mark Twain

The "first day of Spring" is one thing, and the "first Spring day" is another. The difference between them is sometimes as great as a month.

— Henry Van Dyke

The "Ancient Mariner" would not have taken so well if it had been called "The Old Sailor."

— Samuel Butler

Short words are best and the old words are best of all.

— Winston Churchill

When Gotama insisted on Right Speech, when Jesus stressed the significance of every idle word, they were not lecturing on the theory of semiosis; they were inculcating the practice of the highest virtues. Words and the meanings of words are not matters merely for the academic amusement of linguists and logicians, or for the aesthetic delight of poets; they are matters of the profoundest ethical significance to every human being.

— Aldous Huxley

But I say unto you, That every idle word that men shall speak they shall give account thereof in the day of judgment. For by thy words thou shalt be justified, and by thy words thou shalt be condemned.

— *The Gospel According to Matthew*

A great deal of attention has been paid . . . to the technical languages in which men of science do their specialized thinking. . . . But the colloquial usages of everyday speech, their litany and philosophical dialects in which men do their thinking about the problems of morals, politics, religion and psychology—these have been strangely

neglected. We talk about mere matters of words in a tone which implies that we regard words as things beneath the notice of a serious-minded person.

— Aldous Huxley, *Words and Their Meanings*

Three things bear mighty Sway with Men,
The Sword, the Scepter, and the Pen.
— George Bickman, *The Universal Penman*, 1733

Many wearing rapiers are afraid of goose-quills.

— William Shakespeare

It was the printing press that decided it: the greatest engine in the world, to which submarines and howitzers and airplanes are but wasteful toys. For when the printing presses are united, the planet may buck and yaw, but then comes into line at last. A million inky cylinders, roaring in chorus, were telling him the truth. . . . For little by little the printed word incarnates itself in power, and in ways undreamed of makes itself felt. Little by little the wills of common men, coalescing, running together like beads of mercury on a plate, quivering into rhythm and concord, become a mighty force that may

be ever so impalpable but grinds empires to powder.

— *Shandygaff*, 1918

His words were softer than oil, yet were they drawn swords.

— *The Book of Psalms*

Gentle words, quiet words, are, after all, the most powerful words. They are the most convincing, more compelling, more prevailing.

— Washington Gladden

Meanings are in readers, not in words.

— Peter Elbow, *Writing with Power*

Words do have magical effect— but not in the way that the magicians supposed, and not on the objects they were trying to influence. Words are magical in the way they affect the minds of those who use them. A mere matter of words, as we say contemptuously, forgetting that the words have power to mold men's thinking, to canalize their feeling, and to direct their willing and acting. Conduct and character are largely determined by the nature of the words we currently use to discuss ourselves and the world around us.

— Aldous Huxley, *Words and Their Meanings*

Many a treasure besides Ali Baba's is unlocked with a verbal key.
— Henry Van Dyke

One must know and recognize not merely the direct but the secret power of the word.
— Knut Hamsun

Socrates himself didn't believe in writing words down at all. He didn't think juice could be transmitted to paper.
— Peter Elbow, *Writing with Power*

Words are one of our chief means of adjusting to all the situations of life. The better control we have over words, the more successful our adjustment is likely to be.
— Bergen Evans

Great Moments in Writing
1300's

During, concerning, except, and *because* all appear for the first time in the English language.

Words are the best medium of exchange of thoughts and ideas between people.
— William Ross

Whenever agreement or assent is arrived at in human affairs, . . . this agreement is reached by linguistic processes, or else it is not reached.

— Benjamin Lee Whorf

Writer's Toil

A man may write at any time if he will set himself doggedly to it.

— Samuel Johnson

> Veni, vidi, scripsi
>
> Labor omnia vincit. [Work surmounts all.]

Here let the scribes sit who copy out the words of the Divine Law, and likewise the hallowed sayings of the Holy Fathers. Let them beware of interspersing their own frivolities in the words of the copy, not let a trifler's hand make mistakes through haste. Let them earnestly seek out for themselves correctly written books to transcribe, that the flying pen may speed along a right path. Let them distinguish the proper sense by colons and commas; and let them set the points, each one in its due place; and let not him who reads the words to them either read falsely or

pause suddenly. It is a noble work to write out holy books, nor shall the scribe fail of his due reward. Writing books is better than planting vines, for he who plants a vine serves his belly, but he who writes a book serves his soul.

— Alcuin, Standards in his
sixth century cathedral school

The idea is to get the pencil moving quickly.
— Bernard Malamud

I have never known persons who exposed themselves to constant interruption who did not muddle away their intellects by it at last.
— Florence Nightingale

Interruption is an evil to the reader which must be estimated very differently from ordinary business interruptions. The great question about interruption is not whether it

compels you to divert your attention to other facts, but whether it compels you to tune your whole mind to another diapason. . . . If you are reading . . . where people can fasten upon you for pottering details of business, you may be sure that you will not be able to get to the end of the passage without in some way or other being rudely awakened from your dream, and suddenly brought back into the common world. The loss intellectually is greater than anyone who had not suffered from it could imagine.
— P. G. Hamerton, *Letter to a Man of Business*

The actual process of writing . . . demands complete, noiseless privacy, without even music; a baby howling two blocks away will drive me nuts.
— William Styron

I need noise and interruptions and irritation: irritation and discomfort are a great starter.
— Anita Brookner

Veni, vidi, scripsi

Qui scribit bes legit. [He who writes reads twice.]

Do not overlook the importance of the environment as a key to an effective work style. Avoid interruptions when you are writing or thinking about what you will be writing. Explain clearly and politely to other staff your closed-door policy.

— Doann Houghton Alico

All you need is a room without any particular interruptions.

— John Dos Passos

The ideal view for daily writing, hour on hour, is the blank wall of a cold-storage warehouse. Failing this, a stretch of sky will do, cloudless if possible.

— Edna Ferber

Thinking is the activity I love best, and writing to me is simply thinking through my fingers. I can write up to 18 hours a day. Typing 90 words a minute, I've done better

than 50 pages a day. Nothing interferes with my concentration. You could put on an orgy in my office and I wouldn't look up—well, maybe once.

— Isaac Asimov

As I sit looking out of a window of the building, I wish I did not have to write the instruction manual on the uses of a new metal.

— John Ashberry

Their strength is to sit still. Now go write it before them in a table, and note it in a book, that it may be for the time to come and for ever and ever.

— *Book of Isaiah*

Law of Habitation: There is only one place for a person to write—in his head.

— *Edpress News*

Veni, vidi, scripsi

Nulla dies sine linea [Not a day without a line]

— Pliny

Writers are notorious for using any reason to keep from working: over-researching,

retyping, going to meetings, waxing the floors—anything.

— Gloria Steinem

Only 30 to 50% of a writer's day is spent writing.

— James Prekeges

Veni, vidi, scripsi

Hic, aliquem sodes hic, Quintiliane, colorem, haeremus. [Quick, Quintilian, an excuse for Heaven's sake. I'm stuck]

— Juvenal

The secret of success in getting words down on paper is learning to adopt a crucial attitude that is new for most people: a sense of trust that when you have the germ of an idea or even just the hankering for one, you will be led sooner or later to the words you are looking for if you just start writing.

— Peter Elbow, *Writing with Power*

A writer is not someone who expresses his thoughts, his passion or his imagination in sentences, but someone who thinks sentences. A Sentence-Thinker.

— Roland Barthes

The author who speaks about his own books is almost as bad as a mother who talks about her own children.

— Benjamin Disraeli

One writer, for instance, excels at a plan or a title page, another works away the body of the book, and a third is a dab at an index.

— Oliver Goldsmith

Great Moments in Writing
1481

Caxton brings the expression "Table of Contents" into the English language.

My object was not to acquire the character of a fine writer, but of a useful one.

— Joseph Priestley

Writers, like teeth, are divided into incisors and grinders.

— Walter Bagehot

What thou seest, write in a book, and send it unto the seven churches which are in Asia.

— *The Book of Revelations*

If he wrote it he could get rid of it. He had gotten rid of many things by writing them.

— Ernest Hemingway

Of all those arts in which the wise excel,
Nature's chief masterpiece is writing well.
— John Sheffield

How do I work? I grope.
— Albert Einstein

Another damned, thick, square book!
Always scribble, scribble, scribble! Eh! Mr.
Gibbon?
— William Henry, Duke of Gloucester

Wearing down seven number two pencils is a
good day's work.
— Ernest Hemingway

To write is to write is to write is to write is to
write is to write is to write is to write.
— Gertrude Stein

I put a piece of paper under my pillow, and
when I could not sleep I wrote in the dark.
— Henry David Thoreau

The muses love the morning.
— Benjamin Franklin

I write at high speed because boredom is bad
for my health. It upsets my stomach more
than anything else. I also avoid green
vegetables. They're grossly overrated.
— Noel Coward

There are three rules for writing a novel.
Unfortunately, nobody knows what they are.
— Somerset Maugham

Five Stage Writing Process and Time
Allowances:

Worrying .... 15 percent
Planning .... 10 percent
Writing .... 25 percent
Revising .... 45 percent
Proofreading .... 5 percent

— Michael Adelstein

Jacob wrote a certain portion of this book not
of his own free will but under compulsion,
bound by fetters, just as a runaway and
fugitive has to be bound.
— inscription in medieval manuscript book

I am a galley slave to pen and ink.
— Balzac

Anything that isn't writing is easy.
— Jimmy Breslin

All good writing is swimming under water
and holding your breath.
— F. Scott Fitzgerald

Writing is easy. All you do is stare at a blank sheet of paper until drops of blood form on your forehead.

— Gene Fowler

There's nothing to writing. All you do is sit down at a typewriter and open a vein.

— Red Smith

Right out of the guts onto the goddam paper.

— Terry Southern

The physical business of writing is unpleasant to me, but the psychic satisfaction of discharging bad ideas in worse English make me forget it.

— H. L. Mencken

Writing is the hardest way of earning a living, with the possible exception of wrestling alligators.

— Olin Miller

There is no way of writing well and also of writing easily.

— Anthony Trollope

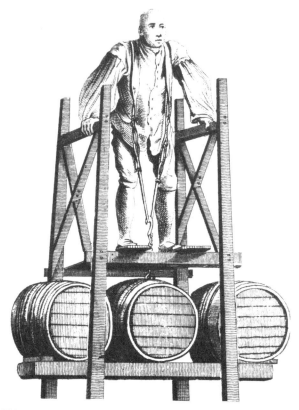

Writing is the hardest work in the world not
involving heavy lifting.

— Pete Hamill

Who casts to write a living line, must sweat.
— Ben Jonson

We can lick gravity, but sometimes the paperwork is overwhelming.
— Wernher von Braun

I love being a writer. What I can't stand is the paperwork.
— Peter de Vries

'Tis easy to write epigrams nicely but to write a book is hard.
— Martial

I revel in the prospect of being able to torture
a phrase once more.

— S. J. Perelman

Writing a book is an adventure. To begin with, it is a toy and an amusement. Then it becomes a mistress, then it becomes a master, then it becomes a tyrant. The last phase is that just as you are about to be reconciled to your servitude, you kill the monster, and fling him to the public.

— Winston Churchill

A Note From The Authors

Dear Gentle Reader,

We thank you for welcoming this book into your library. If what you have read here has reminded you of your own maxim, Mal Mot, Broken Quill, Veni Vedi Scripsi, or Great Moment, we would like to hear from you.

For every half dozen submissions you send that we use in Volume II of this almanack, we will include your name in a list of contributors in the next volume, and send you a complimentary copy of the next volume.

Once again thank you for your welcome, and we look forward to receiving your contributions. Send your contributions to us c/o InfoBooks, P.O. Box 1018, Santa Monica, California 90406.

Your obedient servants,

William Horton

R. John Brockmann

Index

Index

Index

Index

Index

Index

Index

Index

Index

Index

Index

Index

Index

Index

Index

Colophon

This almanack was produced on Apple Macintosh computers using Microsoft Word 3.01 and Adobe Goudy Old Style fonts for the text The graphics were collected from three clip art books: A Collection of Portraits of Remarkable, Eccentric, and Notorious Personages by Henry Wilson (London: Charles Hindly, 1808), Humorous Victorian Spot Illustrations edited by Carol Belanger Grafton (New York: Dover Publications, 1985), and Goods and Merchandise: A Cornucopia of Nineteenth-Century Cuts compiled and arranged by William Rowe (New York: Dover, 1982).

We would like to thank Mac Solutions of Huntsville Alabama for their technical support in this project, and Professor Rebecca McCauley and Kit Horton for moral support in this project.

This book is also available as a Hypercard™ stack for use on the Macintosh and as a calendar, both of which can be ordered from InfoBooks, P.O. Box 1018, Santa Monica, California 90406.